U0034009

狐狸回頭

熒惑 著

台灣詩學吹鼓吹詩人叢書出版緣起

蘇紹連

　　「台灣詩學季刊雜誌社」創辦於一九九二年十二月六日，這是台灣詩壇上一個歷史性的日子，這個日子開啟了台灣詩學時代的來臨。《台灣詩學季刊》在前後任社長向明和李瑞騰的帶領下，經歷了兩位主編白靈、蕭蕭，至二〇〇二年改版為《台灣詩學學刊》，由鄭慧如主編，以學術論文為主，附刊詩作。二〇〇三年六月十一日設立「吹鼓吹詩論壇」網站，從此，一個大型的詩論壇終於在台灣誕生了。二〇〇五年九月增加《台灣詩學‧吹鼓吹詩論壇》刊物，由蘇紹連主編。《台灣詩學》以雙刊物形態創詩壇之舉，同時出版學術面的評論詩學，及以詩創作為主的刊物。

　　「吹鼓吹詩論壇」網站定位為新世代新勢力的網路詩社群，並以「詩腸鼓吹，吹響詩號，鼓動詩潮」十二字為論壇主旨，典出自於唐朝‧馮贄《雲仙雜記‧二、俗耳針砭，詩腸鼓吹》：「戴顒春日攜雙柑斗酒，人問何之，曰：『往聽黃鸝聲，此俗耳針砭，詩腸鼓吹，汝知之乎？』」因黃鸝之聲悅耳動聽，可以發人清思，激發詩興，詩興的激發必須砭去俗思，代以雅興。論壇的名稱「吹鼓吹」三字響亮，而且論壇主旨旗幟鮮明，立即驚動了網路詩界。

　　「吹鼓吹詩論壇」網站在台灣網路執詩界牛耳是不爭的事實，詩的創作者或讀者們競相加入論壇為會員，除於論壇發表

詩作、賞評回覆外，更有擔任版主者參與論壇版務的工作，一起推動論壇的輪子，繼續邁向更為寬廣的網路詩創作及交流場域。在這之中，有許多潛質優異的詩人逐漸浮現出來，他們的詩作散發耀眼的光芒，深受詩壇前輩們的矚目，諸如鯨向海、楊佳嫻、林德俊、陳思嫻、李長青、羅浩原、然靈、阿米、陳牧宏、羅毓嘉、林禹瑄……等人，都曾是「吹鼓吹詩論壇」的版主，他們現今已是能獨當一面的新世代頂尖詩人。

「吹鼓吹詩論壇」網站除了提供像是詩壇的「星光大道」或「超級偶像」發表平台，讓許多新人展現詩藝外，還把優秀詩作集結為「年度論壇詩選」於平面媒體刊登，以此留下珍貴的網路詩歷史資料。二〇〇九年起，更進一步訂立「台灣詩學吹鼓吹詩人叢書」方案，鼓勵在「吹鼓吹詩論壇」創作優異的詩人，出版其個人詩集，期與「台灣詩學」的宗旨「挖深織廣，詩寫台灣經驗；剖情析采，論說現代詩學」站在同一高度，留下創作的成果。此一方案幸得「秀威資訊科技有限公司」應允，而得以實現。今後，「台灣詩學季刊雜誌社」將戮力於此項方案的進行，每半年甄選一至三位台灣最優秀的新世代詩人出版詩集，以細水長流的方式，三年、五年，甚至十年之後，這套「詩人叢書」累計無數本詩集，將是台灣詩壇在二十一世紀中一套堅強而整齊的詩人叢書，也將見證台灣詩史上這段期間新世代詩人的成長及詩風的建立。

若此，我們的詩壇必然能夠再創現代詩的盛唐時代！讓我們殷切期待吧。

二〇一四年一月修訂

目　次

我們是否看著同一座人間

我們當中誰忘記了數算壞日子

我們繼續專注聽著聲音

我們曾經清醒

哈里路亞——悼Leonard Cohen

他使你存在，使你受孕
使你在最粗糙的乾草中誕下
世界的果核
他使你哭泣，哭泣在每一個將明的夜
桌上的紙空白，申請表格像秋天黃掉的葉子
你的墨水漸漸乾涸，哈里
路亞，哈里路亞

你的手碰到泡沫的邊緣
像一株觸電的荊棘收縮自己的火
他使你相信謊言，
也使你相信他說的全部都是謊言
哈里路亞，
把飲剩的酒倒在柴枝上吧
把孩子獻上
你們的愛必須以最暴烈的方式完成
在山頂，風此刻讓每一個記憶的暴徒疼痛不堪
這是不是答案，是不是發問

是不是出賣還是心甘命抵
是不是應該抱怨還是繼續歌唱
在詞語的節與節之間尋找進入的方式

哈里路亞，不要讓夜色枯死

不要讓死亡獲得祂的臉譜

那麼像你，那些燒不盡的藤蔓

像你皮膚上的傷痕

哈里路亞，

哈里路亞。

18-11-2016

聽馬勒第七樂章

梧桐衰入時間的井
一千隻生石灰的兩棲類
潛回水中，冒煙。
我們的故事懸在結局前夜
啞然看著燭曳，點滴到哪時
才有雲中獸吼叫
報時。必須穿好盔甲，
必須手持書卷如槍
像一支落難的游擊小隊
但是深信命運不會叫人失望
不會任由今夜百無聊賴——
當銅片敲擊，如飛鳥臨崖而起
我們用指頭急掃紙頁習習
大河就翻湧出史前的魚
這是一眾微歷史的收成之夜
漁光在黑霧中穿刺交織
風的大網將收納所有，
倒回水裡。蝙蝠即位，
新的天空布置妥當
兩棲類中匿藏你我的氣息
波紋漸漸提升，我們溶解生熱

蒼海悠悠──人間死氣一吹
復回歸為堊白。

22-12-2016

歸去來辭

陌生者的眼神穿過衫袖

像岩鹽灑落地表上

按時飛起的雁擁有了世界的全部祕密

隨之而來是洶湧的悲傷

像偶爾捲起了誰堆造的錯誤

離開階梯的孩子應該被良知擲死嗎？

空瓶子，海浪聲進去之後才發現

無處容身。

所以我在布上艱難移動

又寫下一個字：新的創造

首先是一場雨，然後湖海形成

你在這地球億萬年淺睡的眼皮上顫動

抓起多少無法穿越的沙礫

一條纏食絕望的蟒蛇

我在遠方看見無數路牌因為你而改道

一隻蟬從榆樹裡尋找自己的回聲

沒有終點的木質導管被引擎排放的廢氣填滿

根鬚在天空中遇溺

你按著城市的制度豎立蜃樓

讓無足的少年在自己的窗前自縊

最後總是這樣，你說
我看見更多藍鯨擱淺，沒有誰
未被你憐憫過：

終究是罪人的馬戲團
那自以為被馴服的獸與槍管
誰不是在陸沉的大地上嗷嗷地生活？
可以斷絕的琴弦不會等得到今日
可以蒸發的冰川就不會在夢中流動
你還必須承認生命的各種不由自主
感謝被天風吹散的綿絮
可以散的就不要聚
可以悲傷到底的劇場就不要間幕
人間。都是時間

煮一幅嫣然的末世圖景
我可以這樣隨著煙霧進入或離開
我們穿過的衫袖
再不合身的身分和
那座在黑暗裡擁有過無數虛幻對話的廢墟。

17-5-2017

017

名單

然後我們整理衣袖

像翻弄這座地球

的接口

當金屬鈕扣因為磨擦而熱

一支槍正為冒出過多灰煙而發愁

牧師播道的時候

窗臺上的鴿子飽足而沉默

羽毛落下

戰場上的雪也紛飛

所以我們跟著失蹤者的路徑闖進

記憶的叢林

唯有戰壕傳出

碎石敲擊的回聲：冬季

就是那些野渡的人嗎

在遙遠的日子裡

許是死亡

用他們的寂寞

撫慰沒日沒夜的小爭執？

因此臂章被逐日減时的日光愈燻

就愈黑，

抹窗的工人終於忍不住大罵

明日我不來了

讓此地化為一片黑色的荒原吧

像你們的祖輩

那大饑荒的時代

一隻命運的船順流而下

沒有一顆土豆成熟

而萬鳥齊飛的日子畢竟已是──

衣袖光潔，你把我拉入

黃昏的大航道裡

一隻高腳酒杯排除萬難

才能從永恆的酒吧中離開

然後我們著色了彼此，又擦掉彼此

背上的塵埃

三十年我們的信件

在最後的書櫃裡原封未動

在群鳥回來的年後

喪偶的牧師早已在清晨五點鐘

收拾好他所有的信仰

掂著腳尖離開。

所以我們也只剩下影子了

影子會模仿我們喝咖啡的姿勢

一百年後

他們會各自愛上

其他影子

在牆的角落裡

黑色和綠色的幽暗交換溫度和濕度

如潮汐拍上磚瓦的岸

然後我們也不過是

曾幾何時預言過

一些堅執的光

在地球的頻閃間

道盡我們一生的所有悲傷。

20-9-2016

最後

我在某個燃燒的冬天走過街角

你也在之前或之後走過街角

我習慣性地在咖啡店外流連

你也習慣性地在門外轉圈

星期一信差往我的信箱插入信件

你比我更早走近信箱又比我更早離開

傍晚我仰看戰鬥機飛過的紫色天空

那時候你拐入後巷尋找甚麼

我從最近失蹤了鋼琴樂手的餐廳奪門而出

你把人類的廚餘咀嚼一遍

戰鬥機飛得很低

18-9-2016

何時開始

我們是何時開始意識到

每一次風暴都必然有結局

而每一個結局都必然略帶傷感

在倒塌的樹下新的苗會成長

前生的苦難以另一種形式發芽抽枝

像這個世界的荒謬。當飛鳥

沿著生鏽的海岸鐵路闖進山洞

我們不會期待一個巨人從另一頭現身

但是我們錯了，這其中

必然有這世界的隱秘

在視野被擋住的時間裡，世界

並不以我們想像的方式行進

包括某些人的離逝

某些日光的消暗，若我們

就是那隻喙啣悲傷樹枝的飛鳥

結局是一座荒廢的山洞口

在海岸日暮的蒼茫中投入黑暗

另一個我們可會誕生

自我們的羽翼，還是我們執迷的枝條？

而我們是否僅能從遙遠的雷

想像一頭野獸，或一個手執棍棒的巨人

虛無地攀過那些我們無法飛過的山嶺

這其中必然有這世界的隱秘

藏在悲傷的果核裡，我們的心

即使略有苦澀，那比我們聰明的禽鳥

在嚥下的時候，地球迎來了夜色

而維修鐵路隧道的工人

徹夜不眠。我們是何時開始

15-9-2016

我寫詩

不是為了想像死亡

而是從眾多死亡裡尋找生命

不是為了歌頌苦難

而是從苦難裡發現希望

不是頹廢

而是叩問存在

不是沉默

而是安靜地歌唱

你可以誤解我

但是懇請不要誤解生命

也不要誤解求生的人或尋死的人

他們不是兩種人

只是人的兩種生存狀態

你可以看不起天堂

但是幸勿掩上朝向人間的雙眼

遠處有人在死，有毫無人性的戰爭

但是也有人在拯救，也有和平的呼聲

遠處有人在哭泣

也有人在讀詩

你可以誤解詩

只是千萬別誤解這個世界，它殘缺不堪——
但是它旋轉。

6-4-2017

原來我們走到這裡了

原來我們已經走到這裡了

還沒有看夠櫻花已落盡

笑話未嫌老頭髮卻不再烏黑

愈來愈少人祝我們明年更進一步了

多數會說，願明年差不過今日

怎麼我們走到這裡

開始喜歡在城市漫遊

開始發現陌生的地方漸少

他們都開始抽菸了

抽了十年菸的另一些朋友

卻停止了呼吸煙霧

之中誰變得模糊誰忽然又清晰

我們竟然已經走到這裡了

安靜的讀著往年還是很討厭的詩

沒有閃電，雷聲中也沒有彩虹

穿過舊區時與路人交換一個眼色

我們最終會變成他們而他們

在平靜的天空裡

也比我們先看見那些風景嗎

原來我們不過在這裡

很多人追上來或已經走在前面

有時天色暗下我們躲到簷篷等一場雨

有時赤熱的太陽蒸發我們

還有比我們喝得利索的朋友

還有那些草食的動物在遠方呼喚

良知，原來我們終究並行

這風波驟變裡，你點了一盞小夜燈

我們輪流守著，像兩個夜行的小孩子

終夜提防從來不出現的蛇

直至晨曦：

原來我們的大山早已翻過了

原來這就是山外

明年是不會更好嗎，明年

又有櫻花不是嗎

9-4-2017

我們這群最後一代香港人

一月

在這風和日麗的一月早上
我們在一堆枯黃的亂草中翻身
時間是兩三隻偶然出現的雌野兔
誰沒有被注意就站立起來，校對分秒
討論公車甚麼時候來到或者
會否脫班，速食早餐會否營養不均
殞石的圓桌上，
我們攤開了旅遊至今收集到的
所有星球的地圖

如何躲開荒謬的旱季
當子彈不敷應用
我們還要繼續在鳥群的掩護下
深入城市的各座礦區嗎？
頭髮之上的空氣混亂，燈光忽明又滅
當閃電劈下時，
蝸牛離開藏著祕密的彩色盒子
星球開始下雨
不知道湖水剩有多深的人繼續對坐
觀察時間如觀察自己的鼻翼
當世界倉皇變色

我們沿海洋的鋸齒邊緣走到信封上
抽空聆聽界碑下泥沙滑動的噪聲

鐵窗花在戰後尚有飛蛾

偶夜來訪，一場夢在行進的蒸汽火車中

試圖黏合飄到到處都是的子嗣如羽毛

在火成岩上繡出一隻蒼鷹

應有的樣子

就下降，在那千里旅途中

辨認一粒微塵那麼小的信物

這一百七十七年足夠行雲沉到大廈之間

土撥鼠被置換幾次掘到水源的記憶

像撥正分針是一種徒勞

打獵兔子是另一種

我們賒借得來的岩石

是何時開始長滿了地衣

然後蕨類，接著是開花的樹

直到今日有人在那邊唱歌

有人在燈下寂寞

我們仍在候車

而夜雪早就覆滿了馬路

寫於香港開埠177年

26-1-2018

給我十年

給我十年
在我死絕之前
傾聽巨大的火車最後一次穿過橋底
遠方是殯儀館的鐘聲

像城門河水湧向夜
發源地在日落的方向安靜無語
圍村孩子忘了怎樣開口
蝙蝠繞著玻璃森林慢舞
請給我十年

我將不浪費瞑目的一秒
煮三千六百頓晚餐
聽三千六百人述說他們的人生
在同一條陸沉的天際線下
大廈升降如機動控制的夜幕
有人先行，有人後來
我們一同看過煙花朗月流星
直到自轉的吊扇刷白的天花最後是
夢
在我死絕之前

給我十年

完整的十年連兩個閏日我全都要

精確地丈量每個清晨的水深

有時是白霧鎖城，有時狂風暴怒

彌敦道上懸釣時間的招牌漸漸少去

多少年沒有人被釣起過

就沉下，去年冬寂飄過一層雪

一切是那樣和諧

凌晨三點，無人發現就融掉

十年，足夠那間每日光顧的茶餐廳關門了

足夠那件每日十二點出爐的蛋撻塌陷了

足夠孩子長大遠赴他方

足夠我雕刻好自己的籍貫和簡史

十年足夠舊書撤出圖書館

足夠舊人消失再來相見不相識

足夠遺忘卻又謊稱不思量自難忘

或者是難忘然後學曉如何完美地演繹失憶

十年學一種方言

十年作一番長夢

除了薄倖，還有哪一副竹棚不倒下？

還有十年可渡的維港

還有十年可踱的石板街

既然還有

那我就不客氣了

在那太陽沸騰的眾口閉絕之前

22-9-2017

註：末句來自薩拉蒙的詩

流亡

如果說流亡是二十世紀的代名詞

心的流亡

是從二十一世紀才開始

詩人繭居在隨時崩塌的房間裡

國境線上是流徙的難民

他驚見自己的朋友捧著燃燒的詩集踽踽前行

如果說心的流亡是從二十一世紀才開始

這群自焚者早就注定了自己的命運

在迷離的煙霧外是鐵幕

鐵幕外是星星的廢墟

所有死亡的詩人都埋葬在那裡

被遺棄的詩陪伴著他們

朋友，要把火柴擦亮並不容易呀

那些蜘蛛垂下自己

在急風裡一致地搖擺著

如果說二十一世紀的詩人在原地流亡

每日醒來同樣不知身在何方

鐵幕外有人敲門嗎？
現在有人放棄敲門了嗎？
朋友，流亡者之間的通訊只能用各自的母語
在各自的房間裡擦火柴

23-3-2017

囚鳥

鳥囚禁於天空

誰在牠們的腦中埋下鑰匙？

牠們加起來是我的靈魂

在天堂的門外

一塊厚重的玻璃就是時代

而我的飛翔

就是粉身碎骨

我們是高空的囚徒

也是對抗者，

見證者和被監視者

一顆鑽石折射太陽的所有

它就成為太陽

唯有在清晨拆信的人知道

記憶並沒有欺騙我們

只是我們已不再相信田野

房屋，醫院或道路

直至群獸咬碎了天空

一萬棵蘋果樹失序地枯萎

我們固執依然，痛依然

清醒與徒勞依然

因此鳥在飛翔也在墜落

像那些鱗次櫛比的大廈紛紛風化

門既非半掩，

沒有關閉，也不是開著

你若花光一生去否定它的存在

它就無跡可尋。

11-10-2016

清晨

清晨時分

當魔鬼的頭腦尚未醒來

記憶和想像之海仍在岸邊翻滾

白沫沖刷著眼瞼。

沒有一顆炸彈提早擲下

村莊把孩子的夢像火炬一樣點燃

照亮每條回家的小路。

清晨時分，當光線尚未臨到

瞄準器尚未啟動，訊號

握在司令官濡濕的左掌中

那知曉一切的造物者尚未知曉

因為清晨時分誰都在期待

太陽給予最終的答案。

然而清晨時分

所有的苦難和喜樂都在夢中

那是天使無法進入的地域

在夢境的群山之外

一個原始人正在即將燒盡的火前啜泣：

這是他獨自擁有的痛苦

在火的控制權無人認領的夢中

這是他所有的，肝腸寸斷的悲傷。

17-10-2016

城市

我老實告訴你
我在夢裡常常回到一座城市
那裡有寬闊的海港
有蜿蜒登山的大道，高架的橋樑
汽車穿插，明亮和陰涼的樓影
斑駁著一幅立體圖景
有纜車高高地躍過頭頂向上
擦著舊樓房的露臺而過
我老實告訴你，我的原鄉
不在眼前，不在記憶裡
它不曾存在過也不曾散退
像城市中的石梯路
不曾有也不曾無
那在港岸高聳的黑教堂不曾敲過鐘
跨港的斜拉橋不曾承受過日落
或永遠的日光。
我先是為我原鄉的海浪聲而哭
然後是城市的變遷
我有告訴過你
每次夢見城市的面貌都稍有不同嗎
建築只現身一次
現實中死去的人也只現身一次

像不曾有也不曾無的記憶裡

與陌路人相遇的種種

又一架纜車在登山的窄橋旁駛過

瞥見你對城市的凝視乾澀

一定不知道那座教堂早已失修

但在我夢中永恆地矗立

我老實告訴你

我從夢中的禱告聲而來

也將挾帶著這一切

溺進海港，隨著時光歸去。

9-5-2017

三年

三年了

無法否認那已後退成歷史

即使有人仍頭破血流

有人仍守在獄中

有朝一日我們會躺到床上

在遲暮之年談起往事

當年那群青年多半退休了

或有一些早死

一兩個現在某幢大廈的崗位當值

在街頭呼喊的那個老人

迎著哪年冬天的冷風躍入海港

回歸為大魚了嗎

我曾注視的那個孩子

就是問媽媽橋下的人為何如此的

那個受驚的孩子

到底長成了人行道上

哪一棵白樺

那擎槍步步進迫的警察方陣

七十年後仍在部署攻佔某座危城

午夜的馬路上火花竄動

黑暗裡人臉憑空消失

有朝一日我們累得不想再說話

推開房間的窗
陰翳中有陽光萬難地灑到被單上
遙遠的集體回憶像雲彩
風聲柔柔

29-9-2017

蟬鳴
——六四事件二十八年

這個夏天
蟬轉世了四次
尚未學懂人話

每次放掉一點記憶
如今還記得甚麼

蟬轉世了四次
學習了萬物的語言
就是學不懂人話

這個夏天
樹上如常掛起人世的監聽器

轉世以前
他們最後的一句話是甚麼
也是如此嘶啞、悲傷？

忘掉一切
唯獨不忘記泥土的氣味

這個夏天

蟬第四次轉世

遇不著一個說人話的對象

1-6-2017

尋人

大河，你尚欠我一根桅杆
夜，你還差我一把捕星的網
至於森林，你欠我什麼？
什麼都不欠。我倒要向你商借
可以點火的枯木，去讀手中錄鬼簿
──不，鬼冊無名的孤魂的字條
忘川，你尚欠我一個船伕。

帶路者──我有星圖
唯這夜與以後的夜俱無星
風雨無法穿過深鎖的國，孩子們
唯你們在漆黑中凝視
當未足月的春潮湧向你們
你們在這黑國裡
成為下一代的失蹤者
或未經註冊的苦苦尋人者。

5-1-2016
滂沱大雨中書

刺日

剪去攀枝
牆就失去意義
太陽尚在

埋掉那口水井
村莊就失去價值
太陽尚在

殺死公雞
清晨就無人知曉
太陽尚在

推翻太陽
用良知點燈照向永夜
宇宙啊，人類尚在

9-8-2017

地獄雨

曾經對地獄充滿興致

後來地獄涼掉

我們還沒有機會去

見證一顆良心如何分裂

兩顆，四顆，八顆

遍佈全地

每一顆良心都閃爍

在烈日下，黑寶石一樣的靈魂醒著

落到地獄，成為雨

17-7-2017

不是——寫於劉曉波彌留之際

今夜我們就會失去你了

不是那副破敗的身體

不是那個瘡痍滿目的國家

不是，不是我的義人

不是，不是我的國家

不是那迷失的一代

不是那休克的未來

不是，不是我的敵人

不是，不是永夜的荒蕪

今夜我們如常洗手刷臉

把黑色的手洗成白色

把黑色的眼珠也洗成白色

今夜我們的敵人都風化

今夜我們的希望都破裂

世界只是一顆腫瘤

無眼耳口鼻，也無靈魂

失去你了，就是把你失去

把你留在今夜，昨夜，去年

你有沒有把我們也失去？

執起你書寫過的筆

你寫出過漫天流星雨

誰能寫出黑夜，

一個會把你留下來的黑雨夜？

12-7-2017

寫給光

我們背後無光

無限延長的日子都是黑夜

前面是所有星光淬滅的熱寂

只有頭上有螢光

僅僅燭照漸白的鬢髮

抵抗那抹黑

在陰險的河岸我們前行

甚至跳舞

甚至唱歌、讀詩

那唯一的光就是白日了

在白日下我們的希望如此微小以致無所遁形

那些野獸也嗅到、也聽見

牠們並不急於把人吃掉

我猶可以讀詩、唱歌

同時跳舞

同時繼續前行我們也毫髮不傷

然而若把心中的想法說出來

我們即將萬劫不復

被咬碎、被同化

有人想把最後一盞燈關掉

有人拚命保護

有人為他者燃燈，在呼吸之間

那些模糊的詩句自歷史的遠方傳來

在氣息漸細之間

有人終於獻出了自己的光。

4-11-2016

我可以

我可以同時為兩個敵對的民族嘆息

其中沒有正義或邪惡

只有冷和熱的金屬物穿插

世上每個人都有自己的飢餓

我可以見證他們如何痛苦

以至如何獵食對方

溫熱的身體會變冷

我可以保證這過程不會倒回去

子彈不會被鴿子啄出

遊樂場在停電以後才開放

我可以想像一株被探射燈照過的花

如何倔強地生長

死亡不住叩門

我可以慢條斯理地虛應著

爭取時間讓擁有祕密的孩子們穿過地道

當年輕是罪名，我甚至可以
為一片麵包，而不是信仰
去做一件小小的壞事情

14-6-2017

太陽之死

太陽死了

我們懷著他的孩子

遁走在黑夜

8-11-2016

有必要嗎

有必要這樣嗎

用憤怒的顏色膨脹自己

像一尾被釣的河豚

無法在翳熱的城市裡繼續快樂

我們的選擇只餘下選擇本身

或用被蒸白的眼珠睥睨

新世界的五顏六色

除此以外的波長與我們無關

與我們所選擇的憤怒或悲痛無關

把時鐘錯撥的人肯定沒有想過

擾亂烏鴉作息會換到怎樣的風暴

寒枝的嘆息在鳥腹中鼓動

所以有必要嗎，

有必要為城市的急景披上殘虹

為我們葉脈般的生活

妄下那些無人能懂的註腳嗎？

鮮血汩汩流出，然後是百毒攻心

然後是生活，在必要的信仰裡

才能好好焚燒，如衣。

18-12-2016

沒有答案

始終沒有答案的是

指示風向的雄雞

時間的酸雨披牠一身啞綠

牠還山坡一聲洪鐘

葬禮為村莊帶來異色的花和糖果

孩子想到飛翔，而小提琴手

想到那些抽著皮篋

就上了火車的人，還會回來嗎？

飛過了幾道海峽

揀盡寒枝，沒有誰的背包

能夠結出果實，沒有誰擁有生活

只要有石頭就有血

不是從隙縫間滲出，而是石頭

和血本為一體，銜在鳥喙

像一顆寶石。啼血是因為

在地球的另一端

有民族在飲血，有人窒息

有人夜行錦衣，沒有答案的是

仍然為風所動的是

10-12-2016

未敢

還是未敢：當暴潮過境
我們翻身裝作無事，影子在窗外
裝作沒有紅色的眼睛注視
時針。如此卑屈，你又何苦
逐根欄杆去度高，當你明知道
穿過它們等於推倒自己
推吧。聖堂鐘聲早就停息
天使在賭二十一點，天堂完工之日
遙遙無期，上帝在你背後捲紙菸
各種烈酒混合準備燃燒
還是未敢承認嗎？
在我們聽到雷鳴時，蠟燭也是
沉默的殺人機器，書也是
一切餐具都不懷好意，一切儲糧
都有毒。海鷗飛入腹地
為了應驗天空沸騰的預言
倒背經書，風也不會回到山谷
還是未敢，而布帛早已褪色
像宣過的誓不一定能夠被承認
你們真的愛過對方嗎？海水早已
裂開，太陽從鼻樑升高
石榴吐出傳說：三腳烏鴉

焚琴以後，我們古老命運的魔鬼

此刻深陷於失眠的苦劫中。

12-12-2016

在時鐘的大海上

在時鐘的大海上
沒有一個浪足以淹沒時間

城堡正在迎接新的主人
一隊空盔甲

撥亂過天空的人尚在嗎？

離開鼓風爐的工人
咒語在風中斷裂

消融在牆外的馬蹄聲
最古老的謊言

3-12-2016

我們總是言不及義

我們總是言不及義

用憤怒封口的信件總是寄予虛無

手錶愈精確我們卻愈行差踏錯

每一支筆都寫斷，換到一紙紙空白

彷彿只要在氣球上畫上人臉，它就會沉

漸漸我們學會了在鏡裡種花，而身後赤地千里

走獸因為記憶乾涸而哀鳴

我們就用水灌醉自己，然後承受奢侈的罪名

當物事從璀璨變成破碎

連復仇都失去方向，我們

總是言不及義。

直至生活開始複沓

開始展露他在殘酷與慈悲兩張面具下的真象：

某種滑稽，

若還不算荒謬，不算虛無

例如說鏡中的花園早已盛放得讓我們慚愧

例如夢裡讀過的詩讓我們哭得心滿意足，而夢外是

　　遺忘

我們的山林蒼白而尚未枯盡

黑夜尚有烏鴉與漫天霜雪齊飛

岩石的間隙尚有回聲渺渺

至於生活。那就是言義的永恆錯位

真偽的互相爭持，
後來誰比我們先浮上去了
未知的水面，有祖輩涉過的淺灘嗎
有碩果於星空下纍纍，而我們
總是言不及義嗎，又因為我們的言不及義
愛上過這場短促的讓人惆悵的
詞彙的驟雨嗎？

1-12-2016

遠途

如果我們對土地的愛無法完整

對歷史的憤怒和哀傷只能徒具形式

如果只能說謊而將其咬碎成為我們唯一可以活下去
　的理由

尊嚴，是否我們永遠無法擁有

風把碎了的字連血帶走

土地沒有如果，石頭不哭

時間用它美麗的顏料

把世界重畫了一次又一次

如果斑駁的草仍然生長在馬路夾角

你比一隻漫無目的的狗更早意識到城市的極限

我們無法用另一種語言闡述自己

無法從破敗的簷瓦中離析出誤降的種子

時代流成一條河在你的掌縫裡

帶走一些愛和悲傷

像隻蹉跎的水獸左搖右擺

用自身走出兩行足印

這樣吧，屬於黃金的都歸你

我們只收集落索的自由，像遠征的航行者

星星是它的蒼老，在太陽風裡飛翔

一生只記錄一截文明的回聲

13-9-2017

雲
下

水晶構成的雲
落下城市的寂寞

有人活著只餘下面具
被偷聽的生活從門縫竄出
黃昏：

有記號的房子把時間倒出
像鴿子飛過森林

看哨者的頭顱轉動
像一盞燈
轉動四野的荒涼

島與棄置的冰箱圍成牢獄
菸草和順延恰到好處
我就只看著風

一座做夢的廢墟
穿過兩座湖泊，明明是橋
你說單車

另一次行刑
另一個修士從照相鋪外走過
一張紙影印了一百張紙

面具和長椅一同消失
植物園中
燃燒的垃圾比天堂更加溫暖

水晶構成的雲
是否還保有蒸發的權利

在共和廣場上
我發現了你從遠方遺落的嘆息

24-10-2017

涼

涼了

像夢裡我們也曾經是完整的

醒來就顯得不那麼殘缺

你為一個記憶折磨的日子即將遠去

旅途在皮膚上發芽

下一站到哪裡

影子就跟到哪裡

所以你應該愛上影子

我不說必須

涼了，指尖有尚未斑駁的墨跡

我在極遠之地堆疊的小屋

是否已亮起了燈？

你走過門前的狗尾草把腰彎下來

蝴蝶最後的生命翻倒過

一張陌臉，明明說過

涼了

就每個人都是殘缺的一塊雲的形狀

在時間如湧泉之外的漣漪晃著

涼了就採擷那些煙的花粉吧

就在候鳥路上跳那支一往直前的舞

宣布一項小事情

例若說世界到了末日

所以孩子今夜流離

在繁星的港口以外守一片霧霾

修下水道的季節裡

繁花落盡，樹有比你更深的悲傷

是不是其他逃亡的缺口

都催開在我們佝僂的舊日之背樑

像一顆鋁造的罐子

在涼爽的心之赤地上

無所謂地翻騰

14-10-2017

註腳

黑夜在雨傘裡

你的四肢都在雨傘裡

中秋以後

我取一匹白布

度你的身長

那曾是四樓的走廊

腳步停滯在

不堪走上的梯級

玻璃窗後

艷抹遮不住

你一如曩昔的笑靨

幾多臉孔在房門裡轉移過

消失過

你靜靜地注目無人之境

問何所憶

抬頭只有急步的守宮

留下一封空白的信

見字如面

黑夜在雨傘裡

是我私藏的雨傘

我私藏的一片生之赤地

有巨輪壓路

你不過是一塊不捨得燃燒的骨

及至冬天

養一叢蝴蝶

及至夏天

餵一池娃

你總在明媚之地

像一個母親

或一張不散的影

一字未落

這註腳

這註腳行走在風聲裡

浪跡在花蕊上

5-10-2017

無題

被拷問的星星
有義肢藏在黃金囚室裡

被拉到一半的窗簾
一根菸慢慢凋零

被燈光殺死的孩子
在黑暗中長大

每一顆牙齒都磨著時間
河面飄滿郵票和毛髮

國家
定義渺小和沉默

誰撥動夜晚的空氣
誰就變成海報

為死者辯護的律師執起刀
架在地球儀的赤道上

說吧：第一日植入的晶片

記載了所有知識

窗內有多少人擁抱著

蒼天下就有多少待雪的冤案

唯有孩子在浪裡死

唯有他們在天堂邊境像一隻火烈鳥站立

27-9-2017

記號

靈魂都有了遺址
白鴿穿過黑霧

落漆的木偶
不會一次過壞掉

被丟棄的蒸汽管
為嚴冬埋下倒時計

懂唱歌的浪人
都喜歡夜的碼頭

歲月，你是行李箱
你磨過的路閃閃發光

你隨風撒下的
白鴿啣回

遺忘啊，一條手臂
滴滴答答

9-9-2017

其實是快樂的

海水在這裡化成淡水

穿得燦爛的人們迎接盛暑

陽光打磨著皮膚

星星對星星做了一點壞事

還是快樂的

過多的愛就像囚徒的手鐐

溫柔並且喜歡發問時用指尖扣動

同意書上的鋼筆蓋

你為了甚麼自首，這一切都是

禮貌，和端莊

所以我們快樂

像擁有過盛的情緒之後

為一碗豌豆湯皺眉

燈泡旋緊之後

又有未知的力量把它拉鬆直至暗滅

而我們是否就是為渴望著的這一切而來

像燈泡裡本來住著各式人們

的小悲傷，敲破了就聽到笑聲

至於漠視和

沉默不過是隨風而至的木偶

質素參差而且眼瞼通通無法緊閉
告訴我是誰在後面接住流下來的水
告訴我誰用手臂做旗杆
又是誰在我們埋葬得好好的魚腹裡
重抄一次笑忘書的第一節：
「就是記憶與遺忘的鬥爭」
銀鹽溶化在更多的氨水裡

沒有明日的報紙了
戴帽的孩子微笑著宣布，跳上火車

29-8-2017

流星

天色暗下來了

學生離開排球場

憤怒的嬰兒安靜了沒有

長槍怯懦地踱上二樓

時鐘為太陽唱完最後一首歌

我們曾經擁有的歲月

一道鋪滿綠色藤蔓的拱門

有人進入，有人卻不知所措

流星雨若不是變成隕石

願望是否就虛無縹緲

或者說，早已實現了的

我們卻一無所知？

看著雲被漸漸吹散

我們暗暗懂了

有些事情，永遠不會重現

12-8-2017

徘徊

遲到的人可能最早離去

是你嗎，候車亭沒有別的風景要擋下

你過境如雁一般的眼睛也沒有

下一縷菸絲必然升起

穿過蓄水塔的夏天

有鳴蟬記憶中的三四場大雪

遲到的人可能

最早離去

可能有答案藏在你眉鎖

可能有雹趁誰失魂時落下

有電在兩個夢之間點亮一盞雕花燈

如驅使沙塵暴裡的區間車

密封是你的唇不是你的舌或者

離去的那人

在雨林間為了明月又徘徊

6-8-2017

消失

絕望像頭斷足的野狼

當白樺林剝落餘下一整片骨之荒野

無國籍的盔甲可會辨別彈痕

明明秒錶不動了，你描繪過的明日已經不在

誰把路倒回去走，誰就到達星星

一座火山就是固態的死亡

一聲嘆息就是所有哀悼的總和

冬眠是愈來愈奢侈

被書鎮壓過的篝火有沒有殖民的記憶

只有惡魔的眼睛永遠雪亮

蒼生都在設計他人

你啊，描繪過的風景都已被拆卸

一篇羊皮宣言是如何被誤解

走入骨頭的狂歡，後來仔細聽著

無邊的清晨，簷前滴水，轉向的穿堂風

那時我們早已老去

連絕望都從我們的哭聲裡消失無蹤

5-7-2017

真理

不是任何時候真理都可以被說明

在鑄幣廠的憤怒中你只能擁有閃電和薄荷

敲擊時針的手臂高舉以後

有時只有雷鳴趕及雨水，而不是一場革命

太多黑煙和受驚的蝗蟲，沒有教堂響鐘

也就沒有適合你逃亡的城市和港口

馬已經備好，但是書還沒有裝幀

至於高塔在幾百年裡指揮過的候鳥，其後裔卻無所謂
　　真理

或傾側，流星與月蝕在明日毫無位置

有一個更龐大的啞然鎖在門後

一個更脆弱的共識像烤餅鬃上的油光

薄冰被馬蹄踏過，沒有更多電報闖進防空洞

告知真理被埋藏之地，即使杉樹亦無語

學校假期，無知在五點鐘與太陽同步，路軌腐敗不堪

世界的風早已消散，餐桌上的地圖布滿塵埃

不是任何時候真理都能夠無恙，有時

你只能默默記住它的輪廓，像點菸

像一台衣車在無人需要新衣的黑夜裡

記得編織時機杼碰撞出的呻吟聲

8-8-2017

隨筆

城市停電了只餘一顆鑽石在空中旋轉

國境之東，我收拾好焚化爐的灰又得買車票

那時太陽尚在，遙遠的記憶在重力紅移中

驗證你的存在：荒野

有狼，而山上是車停之處

我與你怎記那是一片白雪蒼蒼

所以無法哀傷，就已遠行

無法應答，就熄光，像一隻太小的指環

尋找它的情人，我把雪裡的紅色篩掉

就甚麼也不剩。譬如區分前景的人事，譬如

狩獵一片海浪聲中的眼角膜

那麼我不斷墜落是為了甚麼，不斷把風

撕碎復吞食又是為了甚麼

你生命的齒輪被雜聲擾亂了嗎

城市不過是一行追溯夏天的候鳥

展開欄杆就成為欄杆本身，像我不知不覺

被換了一次筋骨和名字

而由始至終，誰在聽著我們夢裡的哭聲

28-7-2017

我們是否看著同一座人間

我必須讓你相信

不一定可以抵達的城市
也有自己的旗幟飄揚著吧
我必須如此讓你相信
你顛倒的夢想你乾澀的話裡也有
誰的傾聽來自誰的耳蝸
慢慢爬行著，如你每日爬下樓梯

你不敢想怎樣走回去我知道
你始終像一頭懷疑自己的雛鹿
為甚麼不懷疑地球呢？還有街燈
你總是以為它們正確排列
且不懷好意

不一定可以並肩走完的路
也有你說過的笑吧，旗幟在月光裡
只有銀色留下，而風猶吹著
兩岸的圍牆不叫國界，叫鐘聲

當你摀著耳朵，害怕槍聲不因為死亡
只是因為槍響後的孤寂
我知道你的暗號
而我必須如此讓你相信

走回去的可能

從悲劇的半路中途退出的可能

無須在意天空中墜落的魚

帶來口齒不清的明日

或者一面海中心的旗，你相信它也有

被風愛上的可能嗎？

必須如此讓你相信

地球是一個切割與畫線粗陋的棋盤

走落的樓梯只是臨時的場景

走回去的話

所有射燈的背面將曝露出生活的促狹

與人生路的各種逼不得已

是的，你應該相信那沒有任何不光彩的地方

我們本來就只有鐘聲和月光

沒有牆，沒有順序照出死亡陰影的街燈

上帝是個故作老練的孩子

左轉時常常因為慣性

把鼻子像鹿角一樣撞歪

我必須的必須的如此，令你相信
你在我殫精竭慮的描述中已經擁有了名字
甚至身體，甚至未來，甚至
不再是我，而更加偏近上帝缺的愛
那不一定可以抵達的天堂
一隻敬拜溪流和群山的雛鹿走過
那才是我的詩歌

5-5-2017

我應該更早讓你知道

我應該更早讓你知道

路或者青春，浮世草木或者塵埃

都不是重點。我應該更早

讓你知道浪和皺紋和記憶是同類的東西

至於生活裡的礛石和綿花

嚙齒類待磨的牙和你的願望，也是

句號與頓號同樣卑微而不自量

像我和你本來不會相信的事情

那不必然是謊話，卻不一定有證據

我是應該更早讓你知道的

你的恐懼是真實的，

卻不比你的勇敢更真實

你如此躲避的事物其實並不藏在背後

你渴望的水和小石頭早就在你渴望之前

在你腳邊把你包圍，你翻閱的書在你

翻閱前後都是紙張和黃沙。

我應該更早寫下那首無法被解讀的詩

像更早為沙礫命名：那藏在我們喉頭的

那塞在你眼睛裡的，那在城牆上彈斷琴絃的

那騎月光的雞穿過日子的

那藏在我們心底裡不斷呼喊對方並且

因為一場春雨的落瓣而猶有餘悸的

光，政治，時代和菸草
我應該更早讓你知道，
我們都是來自更遠的地方
那比演化成海馬體之前更遠的地方。

4-5-2017

水　此刻無數靈魂停滯水中

黝黑的水，在巨人的苦杯中

折射出光的散逸之路

槍管壓低哭聲怕驚動誰

兩片一億年歷史的磨刀石

輪流磨著一把新劍

此刻無數聲音從大樹凋落

無數氣泡從皮膚升高

在巨人的墓地尋找一個名字

民族是一串難辨的符號

仔細搜尋，像那些蜂鳥

像那些斑蝶，那些蜈蚣

牠們的靈魂也在搜尋

其他的符號：骨的鏤空

鱗的侵蝕，足的殘缺

最後才是我們。

我們划記憶的槳上溯

靈魂也待渡嗎還是

僅僅

浮沉

15-4-2017

有這樣的事情

有這樣的事情

從藍房子裡走出來的漁夫沒有漁網

只有海，他只有一個海一樣的酒桶子

和魚餌，還有一盞在夜晚從來不亮起的燈

我看見過你的倦容沒有，慰問過

你四月雲一樣的綯沒有

像漁訊也有其紀念的方式

在誰終於無法被紀念更多的石刻融化在

酸澀的雨水和

鹹性的風暴之前，有這樣的事情

誰出入過生活的麻網，誰的手不是

印著齒輪一樣的壓痕，或別人的指甲

有時你的大海不一定洶湧

正如世界不一定殘暴

而僅僅屬於一隻雛鳥呼吸的衰弱

在潮濕的樹葉叢裡另外有一雙比你

更加虛空的眼睛

而你的課業早就還原成晨雞的飼食

泥路裡你應該選擇為誰共生，為誰沉吟

就是黑夜也僅僅掩住你的顫動到鼻翼

飛翔原是弱者的專長，

無論是宇宙飛向你

還是你飛向無助的昨天

有過這樣的事情

你相信美好，也不否定惡意

有過這樣的事情，導致你的愛超過了蘆葦

的高度，在靜河中央的一座小島

只有這樣的季節才有這樣的藍房子

這樣的天氣這樣的

孩子才記得的口耳相傳的故事。

有這樣值得世界悼念的事情……

28-4-2017

世界

離開城市吧

落盡了雨水的城市

如果你缺的是翼

就長出一對

如果失去信心

就重新長出一顆

你的靈魂高潔

無論你唱與不唱

興許是生之禮讚

或死之沉吟

樂聲也隨著你

就這樣離開城市吧

潮濕得沒有實感的城裡

你可以做任何的事

跳舞也罷

飛也罷

你可以做任何的事

離開吧──

27-4-2017

鳥

一座座活著的塔

電纜在頭頂

把人連結成網

情慾在其中竄動

從我到你

也如集體的悲慟

來自一個人的悲慟

當創傷從一個接口迸出

有火花足以燎原

一萬座塔在高溫中

焚成靈薄獄。

你說愛

就是愛嗎？還是死亡

死亡是白手套中

遺失的一隻

愛是

沒有遺失的一隻

至於一叢失嗣的候鳥

愛就是死亡

直至棲停在高壓電纜上

先是一隻，然後

是一整代決定不飛的人

慾望把他們燒盡
連靈薄獄都不去
沙州上的天空
鳥都沒有。

21-4-2017

凌晨

大海在遠，而我僅有最後的纜

就在你離開的那個時刻

大鐘停擺，蜂巢與冷戰的時序表都得重寫的

那個時刻，一個從記憶之戰中生還的戰地醫生

不可能不記得我們交換過的斷骨

無法繫緊了嗎歲月倥傯

雪蓋滿了高樓與海我知道你已經不在

歲月的裡面。而延遲就像是延遲出發，

延遲抵達，延遲擁有和失去

山陰影掉的一切傳說和黑夜潮濕裡的暗燈

大海在遠，我們追捕過的魚離開了山脈

你說天空總會被石頭灌滿的

為甚麼不是水？天空之鹽終究沒有

消磨掉誰的初心。當記憶裂落

我們遺棄過的裹屍布一樣濕濕的青春

像浮木也有染上離愁的可能

不一定會上升的：如果進入大海注定等於

被死亡說服，又何苦記得這

生活的來時路？總是有消失的雪，消失的

人，就在你從所有記事冊中消失的

那個時刻，世界比起你的消失更加清脆

有一刻我以為大海再承接不下更多魚餌

更多荒謬或更多邏輯

就在你說天空的纜一直連接大海的那個夜晚

我在山脈的另一邊悄悄數著星星

大海在遠，沒有一條橋足以讓我們活著抵達命運

　　揭盅

歷史呢還在吧，像一片孤零零的葉子

就是不跌下這峭壁

19-4-2017

如果

如果神經毒素擴散

有多少人受害

如果化武襲擊沒有出現

死亡數字會下調嗎

報復的巡航導彈命中目標

會殺死誰

如果沒有反擊

誰又會繼續死去

這炸彈該投下去嗎

這人該死嗎

這片樹林該為一次冬天落葉嗎

生死像一顆玻璃造的硬幣

拋向空中的一刻

注定了落下的軌跡

除非有風

風把問題消解

風把答案還給了宇宙

在悲劇與對錯之外

一個孤獨者在無星的黑夜裡

默默地修改結局

16-4-2017

不寐

夜來有雨，這黑夜

就止盡不了

有渴水的人失蹤

有令人悵然的訊號重現

像一顆遠方的暗燈

車途搖晃如船

如果是船，夜來的雨

已經漲及胸口了嗎

像急風越過邊境

烏鴉放棄了信仰只為安寢

但是隔音屏牠們越不過

凌晨是牆，今日與明日之間

戍守的鬼魂劍拔弩張

再死一次？

如此恫嚇著失眠者

唯有心人在北林深處悄悄打探

情人的音訊

唯有一場雨溶化琴音

一座雨痕斑駁的鐘塔上

夜來聽得一闋不齊整的呢喃

汨汨浪聲，雲裡月照無明

我如此輾轉睡去

直至失蹤在自己的軀體裡

隨時間的海潮漂流

彼岸終究是傳說，這雨

畢竟止盡不了

世上最後一隻烏鴉

對天空的凝望

29-3-2017

平衡

在最忙碌的三月裡我保持著平衡
擔子的兩端重墜著，我只能緩慢前行
一隻鴿子棲停在一側看風景
與烏鴉在另一端啄食粟粒的重量無別
側重的肩讓人舉步維艱
我有時渴望鴿子和烏鴉同時現身
鴿子守望前面的田野
烏鴉負責在後面食掉舊年的收成
好的壞的，或者同步分飛
烏鴉和鴿子並無任何戲劇性的碰撞
牠們各自飛來，各自去
我必須時而傾前，
時而仰後去取那微妙的平衡
牠們從不體恤，也不合謀加害
只要後面尚有餘穀烏鴉就會按時出現
只要前方風景不壞鴿子也常常光臨
在這個三月裡，就是這些鳥逗我快樂
哪怕最後留下只有灰色的羽毛。

1-4-2017

陀錶

我沒有甚麼祕密

我只有一個莫名其妙地盛滿沙子的口袋

每過一些時日，沙子裡就會冒出一枚陀錶

我校準每一枚陀錶的分秒

像在守護著它們的同步

即使沒有一枚能夠反映真實的時間

當然沒有。我沒有藏起的祕密

都在無人知曉的時間中保持了其神祕

沙子不斷滋生陀錶，世界因此變得更加無序

每一枚陀錶都指向記憶盡頭的黑暗

那裡只有碎片一樣的光影，安靜的睡房

像宇宙。當嬰兒第一次睜眼，或許是左眼

或許是右眼，陀錶開始運轉

從離析的沙裡成形之際，那些沙也在風裡

搬移自己的形狀，像未來之日

一個預言家用畫描摹了我們

從芸芸眾生之中，重新定義一顆陀錶

與其他無數陀錶之間的，與沙子之間的牽連。

28-3-2017

號外

或者我們一生只為等一份號外
讓無關痛癢的事情成為最後的回憶

鐘聲響了，葡萄架下的阡陌
一隻從夏夜迷失的田鼠被石頭擲中
罪潛藏在突如其來的死亡裡
如一顆葡萄早熟
到了預定採摘的日子
靈魂是否率先腐爛？
我們夾附在履歷裡的鐵
沉到湖底然後才長鏽
我們終究不懂得追問雪的可能
在夏天盡時，一場煙火
燒不完的是我們誰說的一句話
竟然就是最後

就讓我們在便利店前默哀
為那個在一半中斷的故事，成為謊言
如同別一個蝴蝶結在樹枝的倒影裡
可以乞討，可以歡笑，讀一首詩
翻開一片小石頭。
或者我們一生不過是為了寫一份號外

煮一份法式甜品，與所愛的人

想像田鼠的另外一些可能

闖進對方的枕夢裡，擲石頭

釀酒，脫下襪子，填問卷

以鏽鐵一樣的後青春造一隻穿洞的船

靈魂搖擺吧，告訴我風向

你無從選擇最後記起的是誰

接過了號外然後我們就將鐘聲寂止的天空埋葬

21-3-2017

地球是一隻永遠前飛的蜻蜓

地球是一隻永遠前飛的蜻蜓

我們是它翅上的露水

陽光底下

有些抖落，有些蒸發

7-3-2017

冬天彌留

冬天彌留

城市無可避免被照亮

出門時分，夜晚漸漸消失

像一頭貓隱沒。

我不忍想念那長夜

唯有在夜，城市就是

國家，神祕的能量

如民歌被傳唱，旗舞擺

蝙蝠用回聲繪製輿圖

輿圖隨冬天的將逝

而失憶，而折短

如旱地的蠑螈，示範

另一種生存方式。

今日天光，橋下冷氣作祟

我被自己的步伐踩過

疼拒絕痛

像隱延長不了沒，蝙蝠分途

彌也挽不住留。

4-3-2017

陽光

從千萬公里外飛來的光

普照萬物

萬物生長，衰老

枯朽：但是若你注目

千萬公里外的光將把你照瞎

烙在你皮膚上一個炙燒的印記

如真理和謊言

兩張利劍

從萬箭中辨認獨一的對象

見血封喉。

真理的永恆一如謊言

真理讓萬物生長，謊言同樣。

5-3-2017

月夜

不過是錯誤的卡牌

錯誤的名字

有時世界不是那麼準確

像我們的路不是坦途

真相不是路上的石頭，溝旁野草

也不是午夜的風聲和鬼影

踏前一步，或接到錯誤的卡牌

或甚麼都沒有

後真相時代向我們敬虛實不分的禮

布幕後幾多雙手在忙亂布置

重重圈套下不過是

錯誤的雷聲與蟬鳴？

相信誰，執著誰，走過而回首是誰

不明不白所以我們不是

歸人，不是過客，不是馬

只是一串虛幻的達達聲

本來沒有

四野空寂時，跫音驟起

就搶著公告世界

我們確實如此這般看見過，

一隻從世界邊陲緩緩墜落的幽浮

27-2-2017

風景

我走過天橋

雲淺雲深，曙光一樣結聚

銅藍的天空正在減色

拉閘的人讓誰人進，誰人出

一律打上招呼

趕路的人掌中有燈光

只照自己的臉孔

地板應是前夜上了蠟

光溜如冰，寒氣

從無數緊急出口的縫隙滲入

我走過一些年，抽菸的人

把鹿鳴藏入水中

那個抱著嬰兒的婦女

漸漸比自己的孩子年輕

馬路如鱔，在滑動中交錯

我在牠們身上奔跑

或徐行，尋找一扇風景

風景中有無數的窗

悲歡交替開合

人群愈來愈近似

我卻始終無法記得

剛才誤碰過哪一道機括

天橋錯路，迎面的人向我招手

才知道我也在無意中

成為了風景本身。

21-2-2017

烤石

背著太陽烤石頭
把飛鳥的石頭眼睛剜出
吞掉，像一隻琉璃獸
剝開島嶼的歷史，在灰筍上
畫石頭。地圖裏屍的夜晚
燈籠墜地，就發芽
長出石頭花，結出石頭果
我們都是石頭
等待敲擊，粉碎然後吹散
或者磨滑，拋光
月光下，萬物自石縫中生長
荒野燈，焚風岸
唯有那隻不朽的猿在烤著
像工業革命式微的手作
像黑暗時代農民在祭典前夕
滿有默契烤石頭
石頭生，石頭滅，生生世世
堆疊出眾人的故事
直到天空的潰瘍藥石無靈
我們就此一別，
不回頭。

24-1-2017

脊椎

午夜的脊椎

雪地的天然氣喉管

延伸向北方城市

一塊如磚頭的鳥墜下

一千盞號誌燈全滅

12-2-2017

以為

以為隨年歲堆疊的是皺紋

是好的記憶和遺憾

是波浪，是洗落的頭髮

是說明，抒情和記敘

是腦內的閃電然後暴雨

以為堆疊的是雲。是說話

是傷疤和縫補之物

是手織的羊毛衣和溫暖的手臂

是同代人相逢的笑容

以為是這樣

而到頭來無一堆起，折疊

從一開始，水就注定不回流

7-2-2017

冬天

冬天，所有寒冷

來自一隻雛鳥的內臟

石頭造的橋柱逐枝凋萎

我們環抱自由落體的時鐘

等待下一次漲潮

11-2-2017

完成

土地到這裡碎落水中

風到這裡捲入沙上的螺殼

沒有新的海岸線了

沒有明日的波譎雲詭

所有前進已經完成

一個個夢塌縮成冰晶

沖刷到無涯的海上形成浮島

我在這裡才看得見你

走向那千窗之船的背影

你說過：那些古舊的城堡

是曾經大得無法兌現的承諾

所以才空蕩蕩地屹立著

等待著走廊燈再次點亮的黃昏

我以為我目送的是你

在入黑之前，那最後一線

繞過宇宙的重量來到我們之間的光

散開之前⋯⋯

2-2-2017

無所作為

我們的大時代與我們尚未擦身

所以滿身皮屑、脂垢

世界的殘渣浮在海洋表面

後青春的皮膚，浪來了

像飢狼呲牙咧嘴。如此齷齪，

我又怎能讓你發現我罹患的癮：

生活——為了購買生活

我們抽乾自己，吸食生活

添加玻璃末。由此檣傾楫摧

我們磅礡的大時代在

生活的幻象中龐大而誘人

光影迷亂，潛入瞳孔中開花

順每一條視神經探進侵犯

我們就站在大街中央

與無數摩肩客交換厭世的媚眼

大時代，狠狠地咀嚼

把心癮排列整齊握緊、鬆開、傾下

你隨機挑動一根，翻看暗語

其餘千根不動，網織之間有天機

而我不過身無長物

唯身後的影子沿著日光，一恁拉長

安身

就此安身，像鯉魚骨
打撈自己的肉，然後打撈河水
死一百次的魚竿打撈自己的呼吸
彎曲，弓身如竊魚的貓，金幣
如此悄悄鋪滿了黑夜的大海。

翻箱倒篋尋問一塊泥的靈魂
如果它前世是塔，今世就是亡羊
如果前世是風，今世就是燒衣
讓烈火裁決這橫世，而我們良善若水
向所有縫隙流進
一磚瓦的立命，三摩爾的氧
二摩爾的鐵，然後粉碎。

讓那些手槍同時發射
斷頭台的齒輪順滑地滾動，
我們看著海洋，不過是飄浮在世面的
那些回聲：所以我們不停更換名字
以至新的皮膚和相貌，
在各種民族的屋簷下親吻，延宕
像兩群互相攻訐的鳥，不認得
天空

是否因為槍管在口中我們才不值得血肉模糊

頭髮做餌才情願用每一個早晨去償還

被認領的空鳥籠掛滿向明日進侵的道路

剪碎的證明書拼湊出死亡日期

就此打理好一小片草地

種兩三棵果樹，飢餓的喜鵲來時

不要搔擾牠們。

14-1-2017

分身

唯有回去的路愈來愈長
直至不堪回首,唯有記憶的夜
雪愈下愈深,直至踟躕頓足
唯有希望的書桌愈寫愈亂
像我們背上的野草散漫地雜生……
唯有那時候我們笨拙的身影
多年後仍閃亮,仍向我們指路
一如當年的羚羊敲門
示我們以愛,送我們以近夜的清風
當年宇宙還未太深,
夢的煙霧與現實的塵尚無各自的污名
我們守候在門前因為
門尚未成為拒絕的方法
因為我們尚相信今生和今世
青春是堅固的城牆
如今我們一切可以依靠的
不是牆,不是路,不是書桌
和深宵的鐘聲,
在野草原般荒蕪的天空下
唯有多年以前的影子
甚麼時候沒發現他脫離了腳下
卻跟在後面走了這麼遠

保持距離，像暗裡偏心主隊的球證

腳步無聲，踩雪而無痕

影子穿過我們萬重深鎖的大門

通常透明，有時卻被誤認成

不過又一顆詭異地放著微亮的晨星。

18-11-2016

回溯

空房子、鈕扣、鐵軌上巍然的石頭

我們擠進過去的記憶像一群

露宿的兒童，火車沒有來

不知所謂的時代，截聽的人

已經老去，探射燈沒有足夠的電力維持

空窗子，無信仰的烏鴉此刻安份

歲月岑寂，絲帶拆下

像他們的衣服散落或湖水轉動

裸裎的蝶身被寒夜解讀

風吹過港口，盜汗的日子裡

我們像流星循水道划行

撕開臉孔，餘下呼吸的匆匆

好的寶石排列成圍牆，那些小國

逐一倒向世界樹的腐枝

一萬台電視螢幕沿長街詛咒對方

如此我們失神，並向彼此索取

鑰匙之河上的流螢

空房子，雪落之前的夜空

繡花針，柴火燒盡時壺中的茶剛好燒滾

照片上甚麼都不剩只餘簽名

虛畫在時光的袖口上，你才發現

多年以前，我們早已截聽宇宙濕潤的回聲。

16-11-2016

妖獸橫行

不過是妖獸橫行
不過是吞食消化與排遺
沒有高尚，沒有鄙賤
衣冠與披雪無異
言論與野嚎相同
爪在皮膚上割出的就是法令

被狩獵者不容苟活的姿勢
叢林和藤蔓就是法庭
求饒與求死同義
歸順等於甘為肉畜
水深火熱嗎若還嫌不夠
那乾脆生吞活剝

妖獸早就來了，
戰歌還唱不唱？
滅絕的雷聲已經響徹
旌旗還應否懸掛？
此刻太遲，此刻太遲
那麼在此必亡的敗局中
血是流的好，還是不流的好？

不過是妖獸橫行的夜

最後的夜

有的屍體雙唇始終緊閉

有的屍體

顎甩肉裂，犬齒盡崩。

8-11-2016

覆巢

反覆在沒有石頭的灘岸尋找殺人凶器

是那一塊可疑地溫柔的蓆子你相信

霧在裡面被解剖，摘去一副又一副真相

反覆在熹微的陽光裡為故事寫狀書

當法庭已經成為地震的瓦礫

廊柱框定的土地失去眾神的加護

執劍的人只能在馬和自己的頸項間選擇

這不是馴獸師的尊嚴，只是一次旅行

痛哭者不是地獄，不過是一條橫跨虛空的橋

橋上的精靈都在昏睡，誰知道誰醒著呢

所以我們在地表上煎自己的皮膚直至結焦

直至微微失陷的側臉拓出河水的印痕

千年以前也有飲馬人在此跪下祈禱

食屍的蟲枯死後白骨終於會曝露在長空之下

洪荒世界裡，誰會成為誰的加害者呢

隨著抗世的雷聲傾盆瀉下的是雨水

還是所有人類向他者拋擲過的石頭的總和？

26-8-2016

無題

抽菸女人的眼神穿過顱後

抵達冬日

衰老的骨頭像運木材的火車

深入記憶的山林

桂花香氣飄進鼻孔

漸遠的不是距離，是時間

我們誰不是烈士

有看不見的火焰往身體焚燒

沒有行人路的城市

沒有腿的國民——

世界，你的獄窗一直上升

直至框住明月

我們用絕望的筆

重複敲打對方早已生鏽的銅鐘

12-11-2016

蟻　茶酒交煎，一夕無眠
醒來始見幾點黑在床上
原來是枯乾的蟻屍
疑是冷氣把死蟻吹落
想昨夜暴雨，有蟻
慌張覓路，從窗縫入室
然而有人之地豈是方舟
他們無法從鏡頭鑽入
從客廳的電視玻璃逃生
用阿拉伯語說，救命
或者用法語說，救命
他們的瀕死被放大
求生被縮小，像那群蟻
我曾是驚惶的劊子手
無法忍受風雨催來之客
而蟻的偷生亦是有忤
人類家園的衛生，於是
禍總不會單行，直至
撿拾時，每顆幾乎一樣
蜷曲，瘦澀，早已難辨
國籍，身世與原鄉。
我始終無法聽懂

那些尖繡的異語，救命

還是至死未知何事

只是重複喊著：

我餓，我痛，我渴？

觥籌之間，我的無眠

他者的往生，風雨散盡

從頭點算，花落了

才知多少。

22-8-2016

翻開石頭

翻開石頭，像掀起一個人的頭蓋骨

這個人象徵了時代、城市和我們

它們全都大同小異

清晨，我在城市的一角發現雀鳥正在啄食殘肢

像一群碎石分割天空

建立墓園。翻開石頭，或許仍然有火焰

或許有一株即將乾死的薊花

我不知道：每一個可能性都是預言

但是翻開石頭的一刻，時代就死了一次。

但是這是必然之事，地表上的所有石頭

終必會被各種野蠻或智慧翻開

被劍或槍枝或坦克的輾壓或情人的低語

所翻開，像一部失落在圖書館被塵封的史冊

或一所學校最後一張書桌上的教科書或者不過是

一個臨終的囑咐：

去，去把石頭翻開。

13-10-2016

廢墟禮讚

相信廢墟

廊柱倒下之處

蟻群為熄滅的火焰歡呼

按下雷電的手

向對岸展示一個手勢

海就此闊了

相信廢墟會還給你

曾經失去的物事

那杯只能共飲到一半的酒

成為了廢墟的噴泉

相信——

廢墟的煙火比世界耀眼

比我們哭過的清早更和暖

烏鴉的原鄉

夢貘在沙裡打滾

上古時代，

第一次甲基化

發生在海洋深處的何方

廢墟的記憶必然無誤

在神經元之間

僅僅是為了傳遞一個訊息

你的瞳孔，我的鼻尖

相信海洋的波動
在我們的廢墟之上
有漫天的星宿為了配合
才旋轉不息。

30-9-2016

隨著

向宇宙投石問路

像那些堅固的衣服，紐扣

各自寄存不同的時間

像每人有自己的一瓶酒

從我抵達你的途上

幾多樹人不辭而別

如果列車逐月而行：

悲傷的玫瑰自鏡中墜地

就穿過記憶的漩渦

隨時形成，隨時消散

那是昨夜之夜

我在二等車廂搖曳著

多瑙河岸的星空

你等待下一口菸

或在永遠的火焰上烤石

有人合唱青春

國歌，共產主義的安魂曲

大分裂以前有教堂屹立

像恐龍一樣我們夢枕上的

餘溫。走難的歷史

就是回歸的歷史，夢就是真實

黃色石頭鋪出離開首都的路

水從遠方帶來硫礦和泥沙

唯有祝福長久不脫色

後來我們需要翻譯

被偷的時間在傷口上一直痛癢

流星雨開花在烤過的石頭上

傾聽就有歌聲

沿鐵軌的裂縫悄悄掰開

剝一枚新橙，一朵向日葵跟著

一片渺無邊際的向日葵田

在耿耿星河底下

是我們百無聊賴地盛開

18-1-2018

千翼

千翼之鳥因為空氣紊亂而墜毀

生物學家宣布發現飛翔的全部祕密

一千隻龐大且健全的翅膀在黃昏

等待飢餓的篝火：死亡

帶有其獨特的香氣和顏色

秋天飄落第一塊樹葉

蓋住鳥的氣管

而不是完全透明的眼睛

假若宇宙不過是一隻將死的大鳥

人類的文明滯留在某片羽毛上

隨時剝落，上帝憐憫

用它的眼和喙翻撿自己的行囊

在鳥體消亡以後尚有下一個種族

用上帝的搏動與餘溫，準備發芽。

15-1-2018

房間

你就奮力把匙羹擲向螢幕
擲向所有的荒腔走板
提示出場的人物有癌症
問候另一個自己
或成為永不命中的預言家
你就忽然離開，進去
為陌生人浪費漫長的人生
像群鳥一樣胡亂地合唱
拋球。想想那些工作和生活裡
必須面對的人，天台和草地
槍和裙：拋球，每朝像機器人
在預定的時刻醒來，對焦
失焦，再對焦，用匆匆寫就的
對白，完成自己的劇本
像一個漏電的皇帝，高舉權杖
就從容面對被匙羹擲向黑房
從光影中剝出自己的形狀
那些背景中的匙羹一一落下
枯去的樹葉也如是
你關上房間的門，打開

13-1-2017

憶友

我始終不解

時間的蛔蟲為何會嘔吐

天高路遠

我們先後跨過愛惡的橋

溫泉之上急烈的冰河迎面瀉來

有雁飛揚

捲起的輕塵

我們曾經叫它做自由

現在仍然

還是更龐大的不解把我們分開

那些被黑夜匿藏的鳴聲

那些恐懼

和對於恐懼本身的畏高

畏死

就將吻過的石頭堆成堡壘

守住一隻將息的蟬

在鳥的環伺下

我偷偷搬動一塊

滿懷惡意地

向時間的深空擲去

11-1-2018

鳳凰

忽然冷得可以吐氣成霧

焚燒中的城市就這樣圈養著

一頭慵懶的鳳凰

因為轉生過太多次而厭倦不堪

現在蛋都不下一顆

鎮日坐在火裡聽著人聲

像沒有聽見

8-1-2018

永續

不年輕了

烙好的字還是不會消失

就一輩子年輕著

直至關節朽壞

手冰腳冷

身如風中蟾蜍

仍捧著年輕兩個字招搖

過河，年輕

就好比一場蛙災

鬧啊，鬧到下一個夏天

不死也不活

4-1-2018

吼鯨王

晚色淹至，鯨群泊岸
那些石化的巨鯨不過是島
延宕的港岸不過是更龐然的鯤
沉潛千年不動。誰先動草動
山動石頭動，驚濤翻死一座座鯨島
在暖化時代，所有傲岸都不合時宜
但是南侵的鯤早已插翼不飛
有石鯨寄生，退化成鯤的大夢
有魚遁逃，海在海角末日
天在天涯重生。或晚色
退潮，堊白是鯨的胸骨聳如殿樑
懸燈點燃往異城的鐵路
舌的車站陷入，荒蕪
綠藻生入淺水地，無車前來
最高處乃晨鐘空自鳴，敲鐘者誰
那些鯨島又像人二百餘數
尚未離散者幾希。但鯨有鰭骨而鯤無
有骨所以有人，仍然偏執地游弋
沉入比鯤身更重的曩昔打撈
孕胎的小夢，之於彼一場煙花盛世

不羨蓬萊。唯此鯨吼生明月——

我島我國猶在，王孫自可留。

3-1-2018

新年詩
2018

夢的邊境我全都埋好了土製炸彈
親愛的，誰越過去誰就得粉身成煙花

所謂和平，鴿群飛往太陽
缺氧的大地向牠們逐一靠近

綠洲裡另外種一片沙漠
蒼藍的天空下人造衛星有了墜毀的意義

新年，讓我們的所有敵人隨星宿共舞
分享用同一場夢烤焗的蛋糕

火警鐘為熾熱的大海而鳴
而你不知道流亡者是如何畸變成暴風

把天圖吹亂：帳幕上是雲
雲上是嵌滿白羊眼睛的繁星，所謂和平

"你不能夠總是在夜間飛行"
果陀還是比你的願望先來叩門

我們可以學習上帝用雪花造人
吹一口氣他就活著，再吹他就散了

樹上的蘋果和蛇
早就被煮成好喝暖胃的羹湯

新年，把盛世的煙花放到亂七八糟就好
外判的天使們負責徹夜清理現場

1-1-2018

新年詩2017

所以火車靠近無聲
轉過頭它又已經開走
黑夜有霜覆蓋過，哮喘病發時
詞語沿著冠心動脈展開
像路軌。白色鴨毛一樣的火車
開進地球的夾縫裡。嬰孩
用前生的花瓣照亮前路
蝗蟲飛進飢餓的城門，鍾乳石
一墜下就失蹤。
空蕩的房間沒有掙扎
火車帶來瘟疫，木構車站
隨建隨拆。兩顆核桃
在轉動中關節有聲。陌生的
詞語變成句子，
撞擊，煙花開落，夢中有太陽
滾到翻譯的地平線上
無法逾越，皇后移動，城堡
倒下。和平的長槍誤鳴
你臥在新雪上，燈光穿過
遠山。所以新年
我們且對羊群的過失直言不諱
未亡的人，你穿上更厚的濕綿襖

為凜冬中的鳴禽
斟酌鐵刀割下的涼水。

28-1-2017

年盡

你以為折斷的路牌會失去方向
像無冬之後候鳥不懂得南返
可是門呢，你打開的每一道門
都有嬰兒在尋找父親，那搖籃曲的
碎片。瓦當有瓦當的回聲，蛇有蛇的
即使如此，你也會不顧回頭嗎
願噩夢開出善惡的花，願蛇
蛻皮，你也只在爐火將熄的無眠之夜
才能看得見精靈。
沒有祝聖過的蘋果都腐壞了
沒有敲過的石頭卻流出甘甜的水
直至泛濫，那淌過之地
都是從黑夜到晨曦徘徊不去的
土撥鼠幽靈的悲傷。
主宰記憶的神有他的一片野鹿原
從來記不起有多少鹿曾經逃走
多少從未離開。我們好快就擁有新的
高速公路，日光和新的祕密
祈禱在樹林藏起最後一個人的時分
雨水繞道，唯有燈泡照亮的椅子
擁有你早已遺忘的那個名字。
願你醒來，向他們一一告別

把長廊裡的門小心關上

今夜，願浪沖刷過我們每一座島嶼

一群踟躕多時的蒼鷺

是時候了，該做個決定

要成為永恆的候鳥，還是佇留。

31-12-2017

櫻花

亡魂的山上，只存最後一根旗桿

當最後一隻鳥絕種，他為了誰而立著？

打開的門沒有塵埃湧入，沒有潮漲

那是千年以前的舊事了

人類的瞳孔中早已風沙滾滾

而石頭龜裂以後我只能靜靜等待船來

沒有船來。或者從平坦星球摔落的先知

在哪裡築過不拆的巢，涅槃之地

每日的防空警報為誰而響。

櫻花以每小時一千公里的速度墜落

我們的生活——沒有起落架，沒有降傘

也沒有轟炸的目標

我們向著深淵進發的每一日

都看見深淵不過是死者的偽證

黑夜、日出、明日的靈魂在原地跳舞

一千年，火熄滅不了的一千年

掌聲與哀悼共用同一幅白布

也覆蓋在每一張先行者的臉上

亡魂的山上，我們失去最後一根旗桿

沒有下山的路，沒有萬家燈火

且為櫻花復修它的座椅，博物館關門以後

不服輸的人在上面一直禱告

絕水絕糧，像一個海上的難民
太平洋的深處，一座鋼琴彈奏給藍鯨
或不存在的深淵。我們為了詩歌
已經棄掉太多回去的機會：
終結一場戰爭，或燒掉一本書
但是山上還有亡魂嗎
還有不屬於這場追逐的密電嗎？
我夢見你的身上滿佈傷口，像我自己
飄浮在寒冷的水上。櫻花片片
一片就拯救了一個人，信仰被射水魚擊沉
刀沉下去，人浮上來。

27-12-2017

蒼鷺

歲月：一架摩托車送完外賣

我們在斜路上相遇的黃昏

蒼鷺寂寥地看著池水

一個人，怎麼都不會從裡面

翻挖出另一個人——

生平，籍貫，護照內頁的出境蓋章

不一定相當於入境，除非我們

嚮往童話和裡面的蠟燈

但是並不。鯨魚有時也會迷路

蝙蝠老了，會不會放棄感應日出

水仙花不知不覺開完了

我們又在大海的裂縫相遇

認得那個黑夜站得更近以至聽到心跳

哪些星宿圈轉得更快

你說過我們不一定會老去才死

所以摩托車也有它達達的

然後漸漸沉下去的是船笛聲逃離碼頭

我們極盡陳腔濫調之能事

匙卡都不會任我們敞開另一隻房門

上帝種過的野草都不會長到牆外

在匆趕地活著而忘掉喝酒的日子裡

飛越三途川的候鳥，此刻停留在
哪一座高壓電塔上俯瞰人間

27-12-2017

Absol

不如現在告訴我
不張狂的時候你姓甚名誰
從田裡來往火裡去
幾多道鐵閘被你打開又鎖上

不如現在告訴我
不沉默的時候你穿上甚麼
是血的披風是沉重生活的太陽
在路衢點算失蹤的人口

不如現在
翻開爆拆的創口乾冷的預言
彗星穿過觀星者的望遠鏡把人擊倒
告訴我有幾分明亮就有幾分黑暗

現在是不是災獸橫行的日子
割破之處都不疼痛
惡風過後
尋找下一個無燈的密室

告密自己一如告解
有幾多樹熬不過流星雨

幾多勾玉盛載太多苦靈魂而碎裂

你來自無極但回不去了

告訴我明日的地獄和高樓

在惡貫滿盈的國度裡，做一個人

把白色毛髮剃下瞬即成黑色

路在我們淚水的盡處開始延伸

21-12-2017

我們當中誰忘記了數算壞日子

不在

我不在香港不在加沙

或不在西奈半島

我不在百合的雄蕊上或雪夜裡

不在長橋盡頭看加萊的浪

不在愛丁堡的山上看將落的太陽

不在鎖匙背後尋找斧頭

西伯利亞正等待下一輪夏季

像那僥倖生還的毛蟲

不在枯樹洞裡也不在新枝上

里加的舊圖書館已經變成了廢墟

我在牆外走過但是他們已不在裡面

多瑙河上的女人把船纜拋向國會

負責水手登記的低級官員已經不在了

我不在教堂不在船塢

不在格羅茲尼不在茲辛瓦利

孩子的手不在父親的手中

父親的手不在上帝的手中

上帝的手也不在孩子的手中

21-12-2017

下班

清晨時分那個下班的廚子

在天橋上向深圳的方向罵了點髒話

天還未亮，手臂何時多了一道傷

應是剛才的熱油吧痛的感覺是

風冷冷的撲來，把爐頭迅速固化

最早一班火車五點九才開

黃衣人把閘徐徐盪高這朝風特別猛

入站的人幾多未吃早餐

要北上抑或南下，老人和學生

誰比較餓比較冷，自北方拉下的寒幕

掩住廚子口鼻，剛才未罵完的髒話

暖暖地留在腸子中繞著走

那個煮完沙爹牛意沖完水果茶的廚子

偷偷帶走了一點食用香精

有時加在菸草裡捲著燒

如此一燒就是長長的一日

18-12-2017

隨機

高壓電塔架在千山以外

我以為孩子跨不過去

除非一個個都變成了石頭

被鳥叼走

鳥呢只是隨機的鳥

隨機的顏色，速度和心臟

孩子不是

即使沒有了或者沒有過名字

跨過去和不跨過去的

孩子都不是隨機的

石頭落下去像重重的雨

有點把鐵皮屋頂打破

有的把人擊死

那些豎立墓碑的場所

月光底下，一切都不是隨機的

13-12-2017

同花

恨世如蘋果受箭
皺紋的極光在寒夜

目光不受控制地擴張
衣袖後退

背向鋼架的沉默
有人在三點鐘點火

誰為秋色所苦
誰漠然沉睡

電琵琶隨意彈斷
一排蠟燈紅

眾生又一場燒死的夢
一場夢裡的遊戲

走向考試院的途上
你踏過遍地餓殍

環伺所有逃生門路
終於夜半無人

眾神自相殘殺
你就是最後的目擊者

蘋果升上太空與星宿同在
城破之際，隨處落櫻

10-12-2017

前生

十年沒見

後來你死了

死了以後你就把菸抽得很兇

以致白雲石碑都燻成灰色

臉上甚至有吸毒的斑痕

雙眼早就被烈酒灌成奶濁

指甲甚至有自損的血跡

而這不過是我們一廂情願

你死後儀容甚至比生前端莊

聲線更顯溫柔，眼珠明亮

你把領帶結到喉核幾乎碎掉的深度

牙色絕白肌膚一塵不染

指甲修得精美如象牙雕刻

你死後將近十年但比當年更聰敏

每夜放工步行三公里回家

星期日第一個坐在教堂中央

敬拜上帝

十年沒見

我但願繼續不見

然後想像你必然如那個忘家的孩子

學習機關槍上膛抑或檢收毒品

而不是三個好孩子的父親

把生命價值掛在口邊

誨人不倦，離天空愈來愈近

我但願繼續

不見你的墓碑

你的死亡和死後開展的快樂人生

你應該是那罐顏料的蓋掩

而十年以前你跳進顏料裡淹死

十年以來有人問我顏色

有時我答紅色，有時我說黑色

更多時候是白色，青色，黃色，淺紫色

大麻燃起時的顏色，雲呢拿菸燼後的顏色

十年以來，我們記憶的顏料不斷乾裂

龜殼的紋可否用以占卜

那就告訴我

在死了那麼多次之後

是否早已不記得我是前生

像兩隻貓

我們呼吸於星球之外

上帝的監視鏡頭壞掉的角落裡

十年沒見的知善惡果樹下

你尚在嗎──

9-12-2017

下沉

一盞燈泡已經降下
三千尺的礦洞
尚不見繁華

不見你水汽結聚的臉
從萬年以前就注視世界的光
不見你遺跡上的沙與塵
在這裡沈澱如胸腔的重量
一個升不上去的熱汽球也不見

一盞燈泡來到這深度
他只有黑夜的履歷可以說服自己
窗外是所有明日的可能
像失蹤的肋骨墜下
可會敲響明日的石頭？

像沉到了這裡
他開始無可無不可地扭擺
反正發不出的聲音
都會變成光
死不去的記憶

都會變成大都會地圖
反正

三年如三夜
他做自己的聖誕樹
做自己的開膛手傑克
礦洞下三千尺
有自己的銀河系
卻不見一顆
哪怕只是過路的星球

8-12-2017

蝴蝶飛

蝴蝶飛過一千公里的輸油管

那邊已經沒有雪了

幾座大山之間甚麼都沒有

你說那是人間的界限

人間不過是幾顆破鐵齒輪

有時脫落

我漸漸聽到你失去的呼吸

也是陽光明媚，初秋

時分，草莓田未及轉色

你就迫不得已地轉身，籃子裡

有足夠的風暴和泥濘嗎？

我唯一的捕獵者，你是時間

可是我不是宣言

我只是肆意遲來的謊話

在每條長街上的電話亭點火

接通一千公里以外的星空

那裡沒有你，那裡就不是天堂

我們所知道的真實世界

有時並非不存在

只是不如你的夢中

那撕不完也燒不盡的萬年曆

頁與頁之間

一隻蝴蝶

一千萬隻蝴蝶：悲傷

8-12-2017

小哀歌

一塊石沉進水裡

石上未刻名字

把肉末和蛋黃碎加進粥裡

有時是蘋果泥

幾餐各有不同的營養

一個夢擊穿枕頭

戴上羽毛就要遠飛

你把鏡子移近

第一次看見自己的臉

還未懂看進鏡裡的自己

一雙眼睛在黑色的海中尋找

也終究是自己

燈怎樣都點不亮

你第一次握筆

第一次寫字

聖誕歌響徹玻璃小城市

飄落的白色藥片

即管當作雪花吧

有時心跳聲近

有時近得令人心顫

儀器的機械噪音像敲經

點滴在夜空中漣漪成星圖

你的身體有了虛空寄生

當碗中塵埃愈少

漾開的水色漸漸深

你開始期待有美麗的魚起落

而你知道來自深淵的

終於會向虛空的方向投擲

泡沫就是活著的證明

所以勉強吐出更多

在它們消散前

在你變成虛空之前

還記得肉末和蛋黃碎

三歲的你凝望母親的雙手

笨拙地攪拌

你的一生，從虛空到虛空

有時不過是

從深宵噩夢中驚醒的一場

母親懷裡的嚎哭

有時不過是

匆匆拋出無名的石塊

擊入世界的水

忽然躍升，向著雪夜飛去

這年你已經十三歲

不再長高

2-12-2017

悼素未謀面的早逝學生

處決

又到了每年解剖大鼠的日子

把胸前的皮膚拈起，橫切一刀

剪刀涉入。早已忘記數算

是第幾次把大鼠的身體打開

曝露裡面的心肺：就是生命得以維持

的方式。你們要記住這些

不是為了應付考試，而是為了

用一生去回想，去詰問

生命是甚麼，而不是死亡是甚麼

那是學生最常問的。可是我沒有答案

二氧化碳，水淹窒息，頸椎移位？

這是死亡的形式不是本質

學生說它的心仍在搏動，是的。

剛死。肋骨打開，腸胃摘除

然後呢，可以解開各自的性器

和大腦，雖然裡面看起來相當近似

也就是生命的兩種形式：

前進，還是不動如屍。學生將來

會研讀醫學或者生物學嗎？

在更多的身體裡摸索神經和血管

像摸索人間的脈絡。早已忘記

第一隻親手殺死的老鼠在何年何日

或第一隻蚊，第一隻飛蛾
只記得多年以前錯手的那一次
提早了幾日意外處決的老鼠
牠最後的抖動，氣喘
和一雙清靈的，人類的眼睛。

24-11-2017

幻聽

閃電一落地

語言就迸出來

一群無頭的鳥闖入時間之輪

你幾乎聽見黑夜呻吟

自你手背的紋理

如同兒時走過那條小巷

幾多醉酒者為黑夜的笛聲而死

你恨自己生還

又不完整，那座溫室的紫燈

擅自把天空照亮

你在童年幾乎挖掘到的那副骨頭

可會是十年以後的自己

你幾乎聽見過

自己彌留時的鼻鼾聲

23-11-2017

謊言

來日我將單刀赴會

穿過流星海

看見冰川似乎已經太北

還是太南

船沒有搖動，星在後退

用一頂帽子接下人類的偏頭痛

用一支筆

寫完鴨子的進化史

來日我將睡在爍亮的煤礦上

橫越沙漠

遠離海洋可會臨到了另一個海

因為有未來所以不回頭

有未來

所以不要回頭

23-11-2017

過期

在那個巨大的日子下

同一批次的貨物同時過期

不容爭辯如歷史書的化學成分

而不是墨水記錄的戰爭

瓦礫之下是那座過期的城市

搖燈昏暗我們在滲水的管道前行

過期的空氣裡厭氧菌漸漸擴張菌落

過期的石頭敲擊鐵皮屋回聲落索

我們尋找的是一棵不開花的樹

像台老舊的起重機晃動自己的身體

在百年的樹蔭下是舷燈渡口

鋁罐子築造的橋把夜風藏得很深

沒有生命可以在這黝黑河水中過渡

沒有死亡的船會過期

我們可會是同一批次的舊人

馱著你贈的記憶走過小城與幽谷

當我們不是逐頁而是同時剝落

自月曆簿凋萎如疾白的牆身裁片

寂靜的河心誰鋪造浮橋

在殘街破巷的過期裡

誰成為菌落，誰抱鏡，誰自傷

20-11-2017

筆

有時我們用石頭代筆

書寫時間

石頭尚不如筆沉重

不如筆粗糙，堅硬，野蠻

直到我們跨越星辰

像文字跨越書寫他們的石頭

時間跨越城市邊陲的廢墟

又有誰能夠預知

被書寫的時間

可會堅硬和偏執一如石頭

一如筆

一如尚有話說的我們

17-11-2017

改變

如果你期望翻天覆地
你就不應期望房子不倒塌

如果你只是想改變早餐的規律
首先清理雪櫃

實在不必磨那些刀
鈍了剛好可以切些別的

糖用完了就煮一些本來就甜的東西
把叉子藏起來，你有雙手

雙手可以改變早餐，改變房子
改變世界

不需要翻天覆地
當然也可以順便翻天覆地

12-11-2017

書寫

他們總能夠光明正大地書寫

因為這座城市是安全的

沒有白色恐怖，火藥陰謀

沒有人害怕從此失蹤

這街道敞然明亮

這些房子通透宜居

另有人躲在暗處

所寫的全都辭不達義

艱澀，忸怩

他的城市是危險的

一如他

隨時崩潰

被消失

6-11-2017

九龍塘站天橋

天國近了，你應該

悔改，得永生。幾個耶和華見證人

在天橋的一頭扶著一黑色架子的小書

是尋常的午後，當火車從山洞出來

減速，進站，天橋下人來人往

兩所大學的學生在天橋上交匯而過

像鹹淡水相撞的水域

一群白鷺棲停片刻又飛走

天空光照下來，紅樹林光合作用

高壓電纜之上不是天堂

除非天堂的走廊也匆匆忙忙

蓋章，簽文件，天使攜著人間的見證

走過一個又一個房間。

包糖蔥餅的婆婆從死去活來了

鐵皮箱子仍舊堆起象牙色的糖蔥

烹煮和拉糖蔥的功夫在幕後

顧客付鈔，她把一件糖蔥放在餅皮上

灑上花生，椰絲，趁涼著吃。

鐵皮箱子上多了一張照片

糖蔥餅伯伯與她的合照已泛白

像開始熔化的糖蔥，黏著

箱子。據說婆婆抑鬱了很久

朋友勸她，才回復忙碌的整餅日子
從此烹煮，拉糖蔥要多花一倍時間
不辛苦。天空的光偶爾收斂，再放晴
橋是彩虹，偶爾有人從彩虹跌下
被減速的火車輾死，結束疼痛——
人間沒有永恆，但有哀樂
有時鳥鳴，有時行雷
人和植物都需要呼吸，天使餓了
飛入尋常的城市買甜點
上帝，你也是個讀書人嗎？
你相信這世界上有神，有真理
用糖和餅搭造的祝聖過的糧
也有了他自己的生命嗎？
我們用牙咬碎，吞嚥，讓生命一直往下
進入這堅硬如同天使眼睛一樣的地球。

9-11-2017

原來

願遠方有時限

願聖堂的尖頂在閃電的雨夜中發光

大麻繞樑而燒，菸隨風落地

沉睡如我們，曾經也這樣哭過吧

這發光的階梯不說話

原來。套著天空的鞋子被時代溫柔洗滌

所以有了記憶，有了欲望

集體的沉默如火藥引，無有甚麼可以點著

願執達吏宿醉難醒。

天空開了幾度，那沉積的黑色

足以成為離開的理由？從此村落荒棄

我知道我們始終無法

給予每一顆鉛字以自己的天堂

只能任廊柱鍍上比月亮更古老的名字

沉睡如火山，碼頭和旗

願遠方有悲傷作船

越過無邊蕭索的雪海

帶走我們的眼睛，若無法拎去頭顱

黑夜有水面梭巡的靈魂

有時靜靜地

站在我們候車的位置自體發光

3-11-2017

你說

然而你頸後的一把黑髮

像剪不斷的橋跨過虛無之境

你見證過雪花的暴動

樹葉向上飄去，水塘乾涸的季節裡

蝴蝶滯留的清晨

你就有了你自己對世界的超譯

趕在冬天來前理喻石頭和寒露吧

得在遊樂場的沙池上播種

你渴望一次集體記憶的大饑荒

只是你並不知道。在你轉身之前

早就有人從橋上消失

有人向橋下的夜色倒撐傘子

有人把你所有的眉心翻譯成血

流入恆星的河裡，下游的人

沙裡有他們的時間

霧中藏著他們最後的罌粟花

都開好了，這蝴蝶的悲傷任人採擷

1-11-2017

向性

我總無法對人間所有事物都保持熱情

光陰累人，有時視覺神經發炎

聽覺，嗅覺跟著失靈

這些日子我喝的酒多於一年的總和

但是從不喝醉

只是昏昏欲睡

在車上，海底，課室裡，床上

城市剝離它的牆壁一如

細胞脫水，葉子就軟墜下來

我不傷害人，但是常常懷疑事實的真確性

偏向科學而不是神學，偏向

頭痛的那個方向

一如疼痛的向日葵偏向陽光。

27-11-2017

我們繼續專注聽著聲音

你要活下去，這是命令

你要活下去，這是命令

做長夜裡最堅韌的光

只因清晨未到，四野漆黑

你便守下去

當其餘街燈逐盞轉暗

你變成更長的路

擺渡向前

這是你自己的命令

沒有必要為任何人撐住

不過你既然活著

就活著，不需要划

水流會帶著你，像你帶著一切

緩緩邁向日光。

4-1-2017

我們

我們已經很努力了

急風裡的鳥還是沒有回頭

明明天色已經暗下去

書已經翻到缺頁處

石頭仍然不肯開花

我們回家的路穿過建築地盤

那已經荒廢多久了？

仍然夢想有朝一日會落成的我

遍地玻璃碎片在秋夜裡

溶進透明的空氣裡

一日比一日輕。然而我們

已經很努力了，那些搖曳的橫幅

沒有一塊向我們掉下

臉部肌肉沒有一根失靈，像齒輪

每一顆都運轉如常，腳踏前方

可是我們已經

在星夜的長廊上聽不見你的歌聲

在記憶的負片中找不到自身的胎記

十字路口並無更多可以抉擇

只有身隨轉彎的車子側向

鄰座無人，握住你如握住救命的扶柄

沒有——唯有你雙手撐住空凳

已經很努力了，像今夜幸而有星

5-10-2016

速筆

風暴形成了大陸
我們就畫一幅風暴的地圖

時間成為經緯
死難者圈地為家

午後四時有雪
沒有馬路
沒有風景

就沿路發問直至氣絕
你用疾病供養過的草愈來愈短
你相信奇蹟

就是一條鹹水草糾織的繩
拉著生活與饑荒
沉在革蘭氏陰性的冰水

我們在灰暗中起舞過
像巨大的陀螺遮蔽日影

所有消逝的人因此有了回憶
我
就是回憶

已經是舊袍穿成了睡衣的年月
你的肩帶有變得更重嗎

時間的靈薄獄愈疊愈厚
孩子穿行不過

回首向來
一萬個白氣球升上烏雲

最後一寸光底下
兩棵樹在對方的夢裡失眠

一棵向著我
一棵背著

而你已經是遠去的爐火
天黑之後

我仍然在四時嗎
像一杯重新溫熱的清酒

風暴裡形成過的對話
也就失蹤於乾澀的喉嚨

如今是難辨是非的了
地圖上的山不是山
僅僅是塵

廢墟裡星星仍然尋找著他們的孩子
即使無光
即使無言

數到三，那不如繼續數下去
死者相遇
我釣起龐然的雪

好不好就若無其事
假裝沒有發現
你在或不在

末日之前的路
長滿金黃色的稻穗

就像原初
原初是一片龜裂的天空
並非自由而是一隻永恆的鳥

若夜色堅持自殘
我在地圖的彈孔中看見未來的你
在雪原上縱火

嘆息漸散
從寒意中逃出來的手
縫紉了一生

18-3-2017

議題

每個人似乎都在談論

他們死亡的方式

是刀傷致死還是墮地才氣絕

情殺，抑或牽涉其他

職業和收入的差異

人們開始關注樓價的問題

然後是風水

始終太少人關心死亡

死亡是一件黑袍還是白雨衣

有茉莉的幽香還是青苔

香茅或者肉桂？

死亡有它自己的習性嗎

選擇草地而不是石灘

太陽而不是枕頭

每個人的死亡都有軌跡嗎

像一夜的流星雨

誰都在忙於閉目許願

一萬年的飛行裡看見了甚麼

為甚麼選擇在這一刻

這一顆藍色的星球上？

人們張開眼睛

每一對虹膜都有不同的顏色

我看著你的雙眼

可以別再聊天氣或者國家嗎

死亡是

一次沒有盡頭的塞車

在它裡面烏鴉永遠不吵嚷

鐵灰色的天際下

有人散步，有人喝茶，讀詩

6-9-2017

那年

一百萬人死

一百萬人生

我意外偷聽對座的私語

說起那個夏天的蟬

蟬無所謂活著

在泥土下無所謂年華

一百萬盞燈在樹下

只為一個無意識的過路者而點亮

我們同途的這些日子

總是為填不滿一本日記而若有所失

寄不及的信

每一頁都拆成飛蟻翼

餘生啊，只為一個黑夜而起舞

只為那雨後的月圓

虛擲一次人間

你說過的

在衣襟重得沒法再釘一枚勳章時

你將盜印的記憶還給天空

我始終看不見你眼底的疤痕

裡面是否有銀河寄生

一百萬人來

而又往，唯有你的船緩慢

在泊與離岸之間

替換了每一條木頭

唯有你不會脫殼

而是一次次走進殼裡

點燈，掃塵，擦亮油油的窗子

而我匿在磚牆的裂縫裡

就像這世界不過也是顆摔破了的碗

像你濾光的眼睛

穿了孔的翼

等待金繼

一百萬人的路

一個在怒海上浮游的標誌

誰飛過深淵

誰就回到流星下成暴雨的

島上亭子被他們的青春鬧醒的那年

6-10-2017

群星

二犬互吠的時分

你說：青春

密碼一如落葉

它們自己就足以倒生成林

那時你傷口尚無

用黑色的頭髮在黑夜行走

時而狂狷時而低迴

一首雷鬼有它應有的樣子

眾神的眼睛就是眼睛

唯人類眼睛才有太陽的重量

有人終身仰首群星

有人看著自己的狗直至目盲

至於地球

人類永恆而地球的歲月匆急

就連惡意也無足道

唯你擁有的詞語

可以打翻瘋子們的水瓶

而你卻說：青春
只是為了青春
高飛而盡的群鳥就得折返
橫越這一片浮滿黑色眼睛的海洋

26-10-2017

願有一日

願有一日，能為身體的痛楚

冠上更加親暱的名字

黑夜你又再走進某條歸家的小路

每一盞街燈你都觸碰過

任那些或昏黃或熾白的寒光

在垮掉的臉色裡輕輕撫掃。

4-10-2016

十五年——悼念世貿恐襲

唯有早已風乾的麥穗記得
一座城市是如何成熟、裂開
散發秋天將盡的氣息

光天化日，人們用禱告
燃燒掉一座座無用的穀倉
有餓童前來取暖

曾經揚起的沙塵堆積
有人為自己的信念墜落
水乾涸，他們堅決不浮上來

去留之間，寒鴉也不認
廢墟、鬧市、墳墓、商業中心
有些記憶，牠們永遠不碰

13-9-2016

如魚

魚不是看上了餌，只是服從鉤

不是誰用身體轟炸世界

只是荒謬在身上開花太快

在其他地方太慢

寫不下去就用寫不下的去寫詩

那些斷掉的鰭和濁掉的鰓

不是為了呼吸才活動，只是為了動

才不得不睜著眼死，閉著記憶活

因為是魚，鱗就有剝掉的順序

不是我們認命

只是命運：雙螺旋在紡錘絲的牽引下

早就逐個認得了我們

14-1-2017

新雨後

新雨後，摺疊著前夜的困頓
我們把出門的路再犁一次
避開行人渾滯的目光
向昨夜踩過的濕泥撒下更多種子
並暗自期待千百顆之中
有哪怕一顆會發芽——
在扶手電梯踏出然後是否有甚麼依舊向下
適可而止，就回捲到剛才的地方
同一個看更似乎耗掉了他所能給的憐憫
向昨夜的我們點頭

習慣看錶
習慣向時間低首出賣自己的尊嚴
卻無從躲避白髮從鹽洗盆攀出
倒拔自己的後頸，像季節性的剃採
每一個街角此刻都燃亮
在那些亂指的路牌下
都有一個不懷好意的牧羊人在守候
直至我們筋疲力竭
不記得去年死過了誰之後
早晨的收割事業，才算是完成

3-1-2017

尖叫雞

像尖叫雞一樣活

也像尖叫雞一樣死，我們

快樂，尖叫，尖叫，哭

每個過路人迎面，撫摸，挑逗

直至尖叫，像尖叫雞一樣

高亢，延宕，漸細，

像尖叫雞的命運

在扁癟的肚子脹回去的同時

面對太陽的尖叫也止息

被按肚子和尖叫構成我們的早晨

釣在風裡像啞巴一樣搖擺

是我們的黃昏

我們不司晨，也不生蛋

我們尖叫一生，

像一隻肚子空空的雞。

25-12-2016

計畫

我知道計畫必須完成

煙從水渠蓋孔冒出

熱氣吹響幾近靜音的口哨

只有玩著野草的小孩子聽見

高尚者的行軍把日夜顛倒

太陽的寒光在屋簷鍍上鋅白色

一個吊到半空的水桶盛載月亮的祕密

絕對不能被發現。

彩玻璃把世界應有的顏色還原,

而我知道計畫必須完成。

變黃的葉子毫無懸念地跌落

空氣不再進出它們的門戶

歲月在這頭打好了繩結,鋼琴上的塵

等待安魂曲的升降。被流放者

和緊握權杖的人

在同一根大麻菸的兩頭抽吸

我不可能知道計畫的細節

頻道的選擇權在每一個人手中

有人憑藉知更鳥的暗示偷偷呼吸

有人用冬天的槍聲砌拼圖

計畫朝向完成,像大海朝向浪花

古老的國王身分呼之欲出。

一盞曼陀羅花開在偏頭痛的深處，

執迷相信者與執迷不信者，

在如此微小而短暫的計畫裡

如互繞而轉的星，終可共負一軛。

30-12-2016

想像

譬如午後，我們對坐
在林蔭大道旁的酒店露臺看滿街的人
你看不見他們的臉容
甚至分辨不出他們的膚色。
當中或許有幾個剛讀完即時新聞
知悉遠方的一起恐怖襲擊
沒有人為意，他們各自調整好心情
重新回到安靜的人群裡──
你知道這樣的過程在行人之間一直重複著。
忽然有一個人形跡可疑，左右看顧
然後抓緊袋子蹓進街角的銀行
你注視門口，也看手錶
五分鐘、十分鐘，你認得這個人從容離開
又過了一會兒，無事發生。
街上的人大概都知道遠方的事故了？
顯然這不是足以搭訕的話題，
行人的軌跡沒有異常。
譬如在深夜，我們在床上熟睡
遠方有戰爭、有暗殺、有人研究偷渡的航線，
有純白色的花在夢裡暗暗打開。

28-12-2016

狐狸回頭

狐狸回頭

像往事也一起回頭

裡面有屬於我的

也有不屬於我

那時候的風和雨

狐狸的微笑

當記憶回頭，那是不是

最後一次，

一森林的蟲鳴驟歇

還來得及告訴他

名字已經想好了嗎？

還來得及

把森林移種到今日

已經龜裂的大地上嗎？

若這是最後

我情願你不

繼續暱稱你的無名

而你繼續不語

像一隻哀傷的狐狸

在這赤地裡

專心回憶

我們都不要回頭

走在這離家的路上

讓沿途的燈枯掉
狐狸代替我們拚命回頭

22-2-2017

語言文學類　PG2063　吹鼓吹詩人叢書38

狐狸回頭

作　　　者 / 熒　惑
主　　　編 / 蘇紹連
責任編輯 / 陳慈蓉
圖文排版 / 周妤靜
封面設計 / 蔡瑋筠

發 行 人 / 宋政坤
法律顧問 / 毛國樑　律師
出版發行 / 秀威資訊科技股份有限公司
　　　　　114台北市內湖區瑞光路76巷65號1樓
　　　　　電話：+886-2-2796-3638　傳真：+886-2-2796-1377
　　　　　http://www.showwe.com.tw
劃撥帳號 / 19563868　戶名：秀威資訊科技股份有限公司
　　　　　讀者服務信箱：service@showwe.com.tw
展售門市 / 國家書店（松江門市）
　　　　　104台北市中山區松江路209號1樓
　　　　　電話：+886-2-2518-0207　傳真：+886-2-2518-0778
網路訂購 / 秀威網路書店：https://store.showwe.tw
　　　　　國家網路書店：https://www.govbooks.com.tw

2018年8月　BOD一版
定價：260元
版權所有　翻印必究
本書如有缺頁、破損或裝訂錯誤，請寄回更換

國家圖書館出版品預行編目

狐狸回頭 / 熒惑著. -- 一版. -- 臺北市：秀威
　資訊科技, 2018.08
　　　面；　公分. -- (語言文學類 ; PG2063)
(吹鼓吹詩人叢書 ; 38)
　BOD版
　ISBN 978-986-326-574-0(平裝)

851.486　　　　　　　　　　107009898

讀者回函卡

感謝您購買本書，為提升服務品質，請填妥以下資料，將讀者回函卡直接寄回或傳真本公司，收到您的寶貴意見後，我們會收藏記錄及檢討，謝謝！
如您需要了解本公司最新出版書目、購書優惠或企劃活動，歡迎您上網查詢或下載相關資料：http:// www.showwe.com.tw

您購買的書名：＿＿＿＿＿＿＿＿＿＿＿＿＿＿＿＿＿＿＿＿＿＿＿＿

出生日期：＿＿＿＿年＿＿＿＿月＿＿＿＿日

學歷：□高中 (含) 以下　　□大專　　□研究所 (含) 以上

職業：□製造業　□金融業　□資訊業　□軍警　□傳播業　□自由業
　　　□服務業　□公務員　□教職　　□學生　□家管　　□其它＿＿＿

購書地點：□網路書店　□實體書店　□書展　□郵購　□贈閱　□其他

您從何得知本書的消息？

　□網路書店　□實體書店　□網路搜尋　□電子報　□書訊　□雜誌

　□傳播媒體　□親友推薦　□網站推薦　□部落格　□其他＿＿＿＿＿＿

您對本書的評價：(請填代號　1.非常滿意　2.滿意　3.尚可　4.再改進)

　封面設計＿＿＿　版面編排＿＿＿　內容＿＿＿　文／譯筆＿＿＿　價格＿＿＿

讀完書後您覺得：

　□很有收穫　□有收穫　□收穫不多　□沒收穫

對我們的建議：＿＿＿＿＿＿＿＿＿＿＿＿＿＿＿＿＿＿＿＿＿＿＿＿

＿＿＿＿＿＿＿＿＿＿＿＿＿＿＿＿＿＿＿＿＿＿＿＿＿＿＿＿＿＿＿＿

＿＿＿＿＿＿＿＿＿＿＿＿＿＿＿＿＿＿＿＿＿＿＿＿＿＿＿＿＿＿＿＿

＿＿＿＿＿＿＿＿＿＿＿＿＿＿＿＿＿＿＿＿＿＿＿＿＿＿＿＿＿＿＿＿

11466
台北市內湖區瑞光路 76 巷 65 號 1 樓

秀威資訊科技股份有限公司　　　收

BOD 數位出版事業部

....

（請沿線對折寄回，謝謝！）

姓　　名：＿＿＿＿＿＿＿＿　年齡：＿＿＿＿　性別：□女　□男

郵遞區號：□□□□□

地　　址：＿＿＿＿＿＿＿＿＿＿＿＿＿＿＿＿＿＿＿

聯絡電話：(日)＿＿＿＿＿＿＿＿＿　(夜)＿＿＿＿＿＿＿＿＿

E - m a i l：＿＿＿＿＿＿＿＿＿＿＿＿＿＿＿＿＿＿＿